大宋王朝·沉重的黄袍

大宋王朝·第一部

何辉／著

图书在版编目（CIP）数据

大宋王朝·沉重的黄袍／何辉著.
——北京：中央编译出版社，2013.12（2017.12 重印）
ISBN 978-7-5117-1816-7

Ⅰ.①大…
Ⅱ.①何…
Ⅲ.①长篇历史小说—中国—当代
Ⅳ.①I247.5
中国版本图书馆 CIP 数据核字 (2013) 第 244932 号

大宋王朝·沉重的黄袍

出 版 人：	葛海彦
出版统筹：	董　巍
责任编辑：	邓永标
责任印制：	尹　珺
出版发行：	中央编译出版社
地　　址：	北京西城区车公庄大街乙 5 号鸿儒大厦 B 座 (100044)
电　　话：	(010) 52612345（总编室）　(010) 52612371（编辑室） (010) 52612316（发行部）　(010) 52612317（网络销售） (010) 52612346（馆配部）　(010) 66509618（读者服务部）
传　　真：	(010) 66515838
经　　销：	全国新华书店
印　　刷：	北京环球画中画印刷有限公司
开　　本：	850×1168 毫米　1/32
字　　数：	125 千字
印　　张：	6.75
版　　次：	2017 年 12 月第 1 版第 3 次
定　　价：	28.00 元

网　　址：	www.cctphome.com　　邮　箱：cctp@cctphome.com
新浪微博：	@ 中央编译出版社　　微　信：中央编译出版社（ID：cctphome）
淘宝店铺：	中央编译出版社直销店（http://shop108367160.taobao.com）

凡有印装质量问题，本社负责调换。电话：010-66509618

卷一

一

后周显德七年（公元960年）正月初一，辛丑日，黑云翻滚，天色昏暗，好像随时会有瓢泼大雨从天上倾倒下来。噼噼啪啪的爆竹声，不时从宫城之外远远飘过来。可是，在宫城之内，却没有任何放爆竹的迹象。京城的百姓就感到有些奇怪了，因为今年的除夕之夜，宫城内出奇地安静，没有了往年震天的爆竹声。

后周皇帝柴宗训今年刚刚八岁，在他的印象中，天似乎总是在下雨。上个月，就下了一场罕见的大雨，毫不停歇地下了整整四天四夜。京城周围各周郡积水成灾，四处都是洪水泛滥。

这天午后，柴宗训站立在紫宸殿门口，愣愣地望着乌云翻滚的天空。乌云像巨大的妖怪，不断变幻着模样，一会儿像马，一会儿像小狗，一会儿像长着两只长耳朵的兔子。柴宗训感到很不开心。我很喜欢过年，可是今年过年为什么没有人来陪我玩呢？大人为什么总是说，你要快点长大啊。为什么总是这么说呢？这几天一直都下雨。现在，天黑黑的，还会下雨吗？今天的饭菜一点都不好吃。快点下雨吧，下雨就可以去玩水了。玩水真是一件很有意思的事。脚一踩下去，水就会飞起来，白白的，闪着亮光，真是好看。水怎么会飞起来呢？真是好奇怪啊！太傅总跟着我，他又不陪我玩水，可是为什么总跟着我呢？为什么匡胤叔叔给我糖人吃的时候，太傅就一脸不高兴呢？糖人多甜啊，还很好看，我最喜欢的就是猴子糖人。嘻嘻，那猴子嬉皮笑脸的，真好玩啊。

他有很多问题，但望着不断变幻的乌云，却一句话也没说，只是在脑海里盘旋着那些想法与问题。

太子太师薛怀让此时站在柴宗训的身后，背着手，也是一言不发。军旅出身的薛怀让已是六十多岁，本来强健的身体如今瘦弱不堪，加上一头白发，更显苍老。冷飕飕的风吹着他的白发，透出一股悲凉的气氛。他不知道柴宗训此时在想什么。在他看来，这个孩子的眼神中不时会流露出深深的伤感。这种伤感，本不该是一个八岁孩童所有的。多可怜啊，他的父亲是个英明强大的君主，却走得太早了，丢下这孩子，他要遭受多少人间的苦难啊！他知道，宫廷里的政治风云正在翻滚涌动，今后的岁月里，眼前这个八岁孩童注定成不了主角。但是，今后谁将主宰这个孩童的命运呢？

可是，实际上，正在薛怀让为柴宗训感到悲哀的那一刻，柴宗训并没有觉得自己可怜，他已经开始观察天上的云了。他希望很快下起雨来，然后就可以玩水了。在中间磨得凹下去的青石板上踩水，是一件多么有趣的事情啊！

君臣两个默默站了许久，终于还是孩子先开口了："先生，您说今天是不是又要下大雨了？"

"是啊，云很多、很厚啊。"

"云多就一定会下雨吗？"

薛怀让没有回答这个问题，而是迟疑了片刻，提起了另外一个话题："皇上，恕老臣无礼，此次决不能让太尉统帅大军出征。" 在薛怀让心里，之前的殿前都点检、如今的太尉赵匡胤是个危险人物，正在渐渐对柴宗训构成巨大的威胁。薛怀让相信自己的直觉。

"那您认为派谁合适呢？先生。"

"由殿前司副都点检、镇宁军节度使慕容延钊担当重任足矣。"

"可是大臣们都说，这次契丹入侵，北汉军出土门东下与契丹回合，显然蓄谋已久，并非一般的小打小闹。如不重重反击，会危及本朝安全的。"

薛怀让挺了挺腰，嘴唇动了动，看了一眼天空，又低下头，略略弯腰，道："老臣不是说不对契丹与北汉加以反击，只是认为统领出征的人选不合适。如果皇上认为慕容延钊不足以担当此重任，还有一个人却是足够担当的。"

"谁？"

"就是皇上，您！"

"我？！"柴宗训吃了一惊，虽然眼神中看不见胆怯，但是显然被薛怀让的话给吓了一跳。

"不错，皇上应亲征，并且要让赵匡胤陪在皇上身边护驾。"

"我很喜欢赵匡胤叔叔。"柴宗训显然还不明白眼前这位老太傅的苦心。

薛怀让神情一凛，道："陛下，老臣是提醒皇上珍惜先帝打下的江山。"薛怀让已经致仕，他本不想多说，只是心中念着先帝世宗的眷顾，才在少君面前流露了自己的顾虑。他已经隐隐感到，有什么事可能要发生了。说这话时，薛怀让想起了去年发生的一件怪事。

去年夏天，周世宗北征途中，有人从地下发掘出一块奇怪的木头。木头有三尺长，看上去好像是一只手举着一块牌子。牌子上刻着图案和符号，竟然有"点检做天子"的字样。周世宗看到献上来的木头后，微微一笑，说这是有人要离间君臣。于是，那块木头就被丢入篝火中化为灰烬了。

可是，薛怀让一直忘不掉这件事，几十年的人生阅历使他变得谨慎而小心。他并不迷信，可他内心却有个声音一直在说，此事并不那么简单。为什么那块木头偏偏出现在周世宗北征的时候呢？私下刻制这块木头的人，是否已经摸透了皇上的脾气，早就料到在这个需要同仇敌忾的时候，皇上绝不可能杀掉自己的肱骨之臣。薛怀让想到这里，不禁打了寒战，对那个藏在暗处的人的智谋之深感到恐惧。

但是，当想到周世宗对那块木头不屑一顾的处置办法以及之后的行动时，薛怀让又不禁暗暗佩服起先帝周世宗。在那天出现了奇怪的木头之后，周世宗加紧进攻关南，获得了三个州、十七个县、一万八千三百六十户人口。这次大战役中，朝廷的兵马损失非常之小，强大的军威使周围边界的城镇纷纷归附。

然而，当周世宗提出继续进攻幽州时，征途疲惫的众将军却以沉默表示反对。当天晚上，世宗急气攻心，病倒在了床上。由此可见，不论人多么英明多么强大，如果失去了拥戴者的支持，都会变得很无奈。

自雄州返回京城后，世宗解除了当时的澶州节度使兼殿前都点检、驸马都尉张永德的军职，加授同中书门下平章事。薛怀让很清楚，周世宗并没有忘记那块被烧掉的木头。张永德兵权的丧失，是因为他的头衔中有木头上刻着的"点检"二字。

薛怀让细细琢磨张永德的为人，怎么都觉得那块木头不是张永德玩的花招。在他的印象中，张永德性格温和、有智谋，更重要的是长期以来一直忠于周世宗。说起张永德，也是一个有来历的人。张永德早年随周祖郭威征战，很有智谋，颇得郭威喜爱。张永德二十四岁那年，便升迁为殿前都指挥使、泗州防御使，可谓少年得志。显德元年（公元954年），并州刘崇引契丹进攻周，世宗亲征，在高平与契丹大战。周大将樊爱能、何徽战败仓促后退。当时，张永德和赵匡胤两人各领牙兵两千人分头进军，击败刘崇大军，收降七千多人。世宗驻扎在上党，张永德对世宗说："陛下只想固守就算了，如果想要开疆拓土，威加四海，应当严厉惩罚失职的主将。"世宗大声叫好，随后斩杀了失职的两主将，军威因此大振。于是，世宗继续进军太原，围城三月，击退契丹援军后班师回京。张永德随后被任命为义成军节度使。长期以来，张永德似乎从来没有表现出觊觎帝位的言辞，更不用说行动。这样一个人，怎么可能暗中刻制一块木头，来给自己挖一个凶险的大坑呢？

薛怀让心想着那块木头之事，对八岁的皇帝说："皇上英明不上先帝，还请以江山为重。"他想再说一句话，可是此时一阵冷风迎面吹来，让他难以开口，那句话便吞到了肚子里。

如果暗中指使人制作那块木头散布谣言的不是张永德，那么此人不仅可以借助周世宗除去张永德，让替死鬼消除当朝皇帝的戒心，同时还散布了谣言，为自己将来夺取帝位埋下了伏笔。如果果真如此，此人的眼光之远、谋略之高简直令人感到恐怖。此人是后来被加封为殿前都点检的赵匡胤吗？薛怀让想到此层，感到浑身顿起鸡皮疙瘩，连头发也仿佛丝丝竖立起来。

"战乱已经持续了几十年，皇上只有八岁，虽然不算愚笨，但是恐难掌控纷争之中的天下。如果真让那个深具谋略之人执天下之牛耳，是否真能给天下百姓带来太平呢？"白发苍苍的薛怀让站在冷风中发愣，脑子里有一个念头反复盘旋，不觉脖子后早已冷汗津津。

八岁的孩子见老师发愣，伸出小手拉了拉薛怀让的衣襟，道："先生，您怎么了？"

"哦——哦……没事，没事。老臣年纪大了，常常走神。"薛怀让脑子里此刻一片混沌，被这个孩子一问，心里念头一动，想要建议年少的皇帝暗中调查制作那块神奇木头的人，但是转念一想，他还是打消了这个想法。因为他突然想到，也许周世宗在生前一直在打听是谁暗中制作了那块木头，如今周世宗已经逝去，谁制作了那块木头，估计很快就会自己现形，如果现在建议少帝去调查，恐怕会危及少帝的安危。但是，薛怀让的心里同时做了一个决定，他决定自己暗中安排人来调查此事。他知道，要保护少帝，必须找出那块木头背后的策划者。

"要不再征求一下其他几位大臣的意见，先生，您看呢？"

"也好。也好……"薛怀让看着那双清澈却并不轻浮的眼睛，心中一阵酸痛，心想，这孩子或许可以成为一个明君啊，如果再长十岁，不，哪怕再长五岁，情况就会大不相同。难道真有天意！

由于天色昏暗，午后的崇元殿内，已经点上了火烛。春天的风从殿门外吹入，使火烛忽忽晃动。

往年，这个时候正是大家串门走亲戚拜年的日子，可是，这个正月初一显得很不一般，朝廷的大部分高级官员接到紧急诏令，午后都集中到了崇元殿。此时，在崇元殿内，文武官员们有的交头接耳，有的默不作声。

显然，契丹与北汉的联合入侵，已经在文武官员中掀起了震惊的波澜。尽管除夕守岁的困倦还在侵袭着众文武官员的神经，但是紧张的气氛渐渐盖过了困倦，占据了上风，使有些打哈欠、打瞌睡的人也竖起了耳朵、打起了精神。

文武班列之中，宰相范质两手垂在膝盖上，脸色铁青，默然而坐，一言不发。此时，他累官至同平章事、弘文馆大学士、参知枢密院事，不久前刚刚加封为开府仪同三司，进封萧国公。说得简单点，范质在朝中所挂之职衔，意味着他行的就是宰相之职。

论虚岁，范质今年刚刚五十出头。不过，多年的操劳已经使他满面沧桑，看上去疲惫不堪。他坐在那里，脖子挺得很直，瘦削的脸上颧骨高高凸起，稀疏灰白的山羊胡如钢针般一根根从下巴的肉里刺出来。

同为执政大臣的门下侍郎兼礼部尚书、同平章事、监修国史、参知枢密院事右仆射王溥则风度优雅，抚须而立，若有所思，脸色看上去比范质好一些，但是微微皱起的眉头却说明他的内心一样处于焦虑之中。王溥的职衔中也带"同平章事"之名，这意味着他也相当于宰相。

范质、王溥两位执政大臣,素有重名,乃是周世宗托孤之人。在这个大敌入侵的危急时刻,他们两人肩上的担子之重可想而知。不过,此时他们不仅只为如何应付从北而来的敌人而心急如焚,更让他们忧心的是近来民间的流言。

正当范质、王溥两位宰相在心中反复思考周全之策的时候,八岁的柴宗训与他的老师薛怀让一前一后进入了崇元殿。

柴宗训扯着老师的衣袖,走向龙榻。他的这个动作,暴露了他还是个孩子。他的老师薛怀让被柴宗训扯着衣袖,心里充满酸楚,这种酸楚中又混杂着感激。感激是因为这个身为皇帝的孩子对自己的信任,但是一想到这个可怜的孩子即将步入政治旋涡的中心,有可能丢掉所有荣华富贵甚至是性命,他禁不住悲从中来。我已经是个致仕的老者,在一群朝廷重臣和悍将面前,我是多么无力啊!薛怀让感到有一股苦水从心底汩汩冒了上来。

"现在还不是泄气的时候,一定得挖出那块木头背后的阴谋家,那个可恶的谣言散布者!"薛怀让使劲绷紧了脸皮,让内心的这个信念支撑自己已经开始变得异常脆弱的神经。龙榻渐渐近了,薛怀让却觉得自己越来越虚弱,头开始晕起来,周围大臣们的窃窃私语,如同嗡嗡不绝的苍蝇声,让他几乎想挥舞双手去拨开它们、扇走它们。不过,在大臣们眼中,此时的薛怀让就像一根枯死的木头,面无表情地引着少帝往龙榻走去。

在一批重臣悍将面前,我究竟能做些什么呢?薛怀让茫然地带着柴宗训往龙榻走去，脚下的道路像是流动的沙地，不断在往下陷落，仿佛随时要将他吞没。

性情急躁的宰相范质一待柴宗训落座，便起身施礼，急急开口："陛下，北境告急，望陛下早作决断，出兵御敌，护我子民。若错失战机，北敌长驱直入，京师必将动摇。"

八岁的柴宗训坐在御榻上，悬空的两腿前后踢了两下，小脸一下泛起了红色。他看了老师薛怀让一眼，茫然无措之间，一句话也说不上来。

"陛下！"范质见柴宗训不语，又呼了一声。

太子太师薛怀让将幼帝的孩童表现看在眼里，心中又是一阵绞痛，道："范大人，依老臣看，还是请您先说说您的建议吧。"

彻夜未眠的范质脸色有些苍白，他嘴唇抖动了一下："也罢，事情紧急，老臣就不拘礼节了。还请陛下恕罪。依老臣之见，还请陛下御驾亲征！"

范质说完这句话，仿佛心里放下了一块大石头，长长舒了一口气。他心里清楚，这绝不是最好的对策，但是为了不负先帝的托付，恐怕也只有如此了。

最近民间谣言纷纷，认为当今皇帝年纪太小，难以左右局面。更有传言，认为战事再起之际，将出现新的真命天子。如果真有这种可能，新的真命天子最有可能是谁呢？范质心里盘旋着好几个名字：赵匡胤、李筠、李重进、张永德，还是南唐国主李璟？乱世之时，只要手握重兵之人，都可能以实力问鼎天下。究竟可能是谁呢？张永德的可能性最小，因为他已经被周世宗削去兵权。当然，他也有东山再起的可能。不管是谁，都必须排除！现在只有一个办法，那就是让少君亲掌兵权。

王溥似乎没有想到范质会提出这样的对策，吃了一惊。他同样听说了民间的谣言，也能够体察到范质的苦心。"可是，如果将八岁的幼主置于大军之中，一旦发生兵变，岂非白白断送了性命。这与将一只小绵羊塞在一群虎豹之中有何两样呢？"

王溥突然想起，两日之前赵匡胤的弟弟赵匡义私下拜访自己，请求他在契丹来袭的情况下，一定要支持自己的兄长挂帅。这是赵匡义的意思，还是他兄长赵匡胤的授意呢？如果他们早就知道契丹要来袭，说明他们早有防备。所谓知己知彼，百战不殆。选择赵匡胤也许是更好的选择。可是，如果他们是想借出兵契丹来掌握京城的兵权，那就危险了。不过，契丹是外夷，无论如何，击退契丹是首要的！

王溥想及此层，一跺脚，往范质靠近一步，道："范大人，且慢。老臣以为此计不妥。"

"不妥？"

"不错，此计不妥。陛下年纪尚下，怎能涉如此大险。"

"那依王大人之见，谁可以担当率军出征之重任呢？"

"我看赵匡胤将军可以为帅。"

范质一听，猛地扯住王溥衣袖，眼珠子仿佛要跳出眼眶，迟疑了一下，说："赵将军掌管兵权六年，这个时候，有护卫京城之责，怎能轻易出征？"他嘴上如是说，心里却暗暗骂王溥。王老头儿，我看你也是糊涂了。你的确很会看人，当年向周世宗推荐向拱去平秦州、凤州的叛乱，迅速平定叛乱，世宗还为你设宴。赵匡胤也是良将，出征御敌自然毫无问题，可是这个当口，幼主孤弱，执掌兵权的大将拥重兵出行，可是个危险的事情啊！

"……"王溥看着范质眼中放出鹰眼一般的光芒，突然仿佛想到了什么，慌忙低头不语。

薛怀让见两位执政大臣意见相左，又拿不出万全之策，心痛渐渐变成了无奈。一年前，在万岁殿之内，周世宗逝去的那一刻，他就曾感到过这种无奈。即使最英明神武的皇帝，到头来不也是如同露水一样消失了吗？如今，那个英明神武的周世宗，又给自己的子孙留下了什么呢？万岁殿已经在周世宗逝去后改名为紫宸殿，他和世宗的亲骨肉——八岁的柴宗训刚刚就站在那个宫殿之前。十年、五十年之后，又有谁会站在那个宫殿之前？是什么令人生拘泥于这种命运啊？

当王溥陷入沉默之时，崇元殿也突然陷入一片奇怪的沉静，谁也不再说话，仿佛时空被冻结了。

有一个人打破了令人尴尬与压抑的沉寂。此人乃中书侍郎、同平章事、集贤殿大学士兼枢密使、刑部尚书魏仁浦。

魏仁浦博闻强记、智略过人，年轻时即受周太祖重用。周太祖临终时曾对周世宗说:"皇家的秘密休要对魏仁浦隐瞒。"后来,周世宗出征高平不利,大军东翼被击溃,魏仁浦临危不乱,建议世宗从西侧出阵殊死一战,终于击退敌人。宗训即位后,魏仁浦被加封为刑部尚书。因此,在这个时候,魏仁浦站出来说话,并未令众人吃惊。

"依臣陋见,可令李筠将军自潞州上党出,向东北方向截击入寇之敌,而由赵匡胤将军坐镇京城,以为呼应。这样一来,京城可保得稳定,亦可痛击入寇之敌。"

魏仁浦这样说,亦经过深思熟虑。最近的谣言也让他感到不安,他知赵匡胤如今已经手握重兵,且在军队中拥有巨大的威信,与石守信、王审琦、李继勋、刘廷让、韩重赟、杨光义、刘守忠、刘庆义和王政忠等人号称"十兄弟"。这十人,个个握有重兵。在这种情形下,让赵匡胤统帅六军出征,无疑给了他一个光明正大的借口,可以统帅各股重要的力量。假如他真有谋反意图,恐无人可以与之对抗。

然而,要让昭义节度使、兼中书令李筠率部出征,亦是无奈之举。魏仁浦很清楚,李筠出镇潞州,虽一方面乃受到赵匡胤排挤的结果,另一方面,也是周世宗将他视为一股牵制京城军队的重要力量摆在京城的西北侧。李筠的核心力量集中在潞州。在泽州,如今朝廷不是没有驻军,但在李筠军事力量的控制之下。泽州州境三百三十里,南北一百五十里,户口两万四千余户;东南距离京城四百二十里,东至卫州四百一十里,北至潞州一百九十里，西北至晋州四百一十里。京城的军队绝不可能无视泽州、潞州的存在。而对于北部的契丹与北汉来说，潞州一旦南下后再东向出军，或者直接翻山越岭东向出击，都可以很自然地就形成对京城的重要屏障。但是，潞州军队一旦在对抗入侵的战争中元气大伤，便等于加强了手握重兵的赵匡胤的力量。

魏仁浦在说出自己的意见之前，已经痛苦地思索了许久，也想不出万全之策。因此，建议任命李筠率部出征，乃是在几害之中选择了危害可能最小的一种。

不过，魏仁浦的意见马上受到了几位大臣的反驳。反对之臣，亦深深担心手握重兵的赵匡胤在京城篡位。对于这些大臣而言，令赵匡胤出征，不仅可以击寇，还可以借机削弱赵匡胤部的实力。

在众人的争论中，宰相范质没有再次强调自己的意见。

范质盯着王溥、魏仁浦的眼睛，他对这两个多年的朋友深深信任，他很后悔自己没有更多与这两位博学的朋友进行更多的交流。如果有时间，也许他们能够找到更好的对策。但是，现在契丹的铁蹄已经开始向着中原飞奔而来，他们已经没有太多时间了。

"难道是我的私心束缚了我的见识？难道他们不但读懂了我的心思，还看到了更远的东西？那将会是什么呢？"范质突然感到有一个念头在心底慢慢抬起头来，就仿佛春笋要冲破泥土探出头来。"如果有一个更加强大英明的君主,不是就有可能尽早结束天下的战乱,让天下尽早归于太平,让百姓尽早安居乐业?"

但是,立刻有一种强烈的歉疚之感如巨石从空中压下来,把那刚刚要破土而出的春笋压了下去。范质忘不了,他乃是周世宗的托孤之臣。

二

初一的下午,在崇元殿内,经众人提议,八岁的柴宗训最后任命赵匡胤为大军统帅,带领宿卫诸将发兵御敌。柴宗训很高兴自己做出的这个决定,因为他一直以来都很喜欢赵匡胤叔叔。

在气氛怪异的讨论中,范质最终放弃了最初的意见,默认了众人的提议。毕竟,众意难违。不过,范质心里想,也许这个决定包含着上天的旨意。难道谣言会变成真的吗?

其实,当契丹与北汉入侵的消息传到京城的时候,关于要出现新天子的谣言已经在街头巷尾流传。许多富商大贾担心在京城内会发生大的争夺帝位之战,因此早已经匆忙打点财物,悄悄逃离京城。至于普通老百姓,尽管心里充满了恐惧,但是好奇心又促使他们睁大眼睛,希望能够看到究竟谁会是下一个皇帝。

内廷对于民间的谣言,似乎没有做出任何反应。这一方面是因为周世宗的余威尚在,范质、王溥等托孤之臣心里仍存着一丝侥幸,认为也许事情还没有那么糟糕。另一方面,则是因为在这个时候,谁都不愿意多嘴。这些谣言,对于周世宗的遗孤来说,实在是太残酷了。对内廷封锁消息,也许也是一种怜悯吧。

赵匡胤自然也听到了谣言,因为他是谣言中的主要角色之一。去年,周世宗北征回师后,他被任命为检点太傅、殿前都点检,从此代替了原来张永德的职位。周世宗去世时,赵匡胤是都点检。对于周世宗而言,那块木头上"点检做天子"的预言并没有变为现实。

可是,自从那个预言出现后,便像阴影一样笼罩在宫廷的上空,就像幽灵一样不时在朝廷将官的心头闪现。所以,当柴宗训即位后,赵匡胤被改封为归德军节度使、检校太尉。这说明,那个预言,依然在左右着朝廷的政治。朝廷免去他的点检一职而改任归德节度使,看似升职,实际上是希望破除那个梦魇般的神秘预言。

至于究竟是谁在那块木头上刻上了那个神秘预言,如今已经成了难以解开的谜团。那个神秘预言,还会操纵人们的心灵多少年,谁也无法知道。它像命运的烙印,不是烙在谁的肉体上，而是烙在人心之上，烙在无法触摸的时间之中。

在崇元殿内，赵匡胤一言不发。他知道，在这种情形之下，说错一句话就可能成为政治斗争的牺牲品。可是，出乎他意料的是，尽管他没有做出任何表态，尽管也有反对意见，但最终众人还是将他推举为出征大军的统帅。

当赵匡胤接受这个任命的时候，他的内心涌动着极其复杂的情感。恐惧、兴奋、伤感、不安、紧张，究竟有多少种情感，他自己也说不清楚。他也知道那块木头上刻着"点检做天子"，他也知道张永德因此被拿去了军职。

"点检做天子，哪个家伙这般蠢，这不是将所有点检置于死地吗！最近一年来，我如履薄冰，若不是之前有个张永德，我岂不……"赵匡胤在接受任命的时候，心里盘旋着这样的想法，"现在，又出现如此愚蠢的谣言，这散布谣言的人究竟是蠢蛋还是高人。这个任命，不是将我推进旋涡了吗！"

赵匡胤曾经怀疑之前那块木头上的神秘预言是周世宗自己暗中安排人刻的，至于目的，则是为了找借口免去张永德。可是，周世宗已经去世，为什么谣言又仿佛幽灵般冒了出来呢？

赵匡胤急急走出崇元殿，他发现自己手心里已经冒出了一把汗。一阵冷风吹来，他突然感到毛发根根竖立了起来，仿佛嗅到了血腥味，这种味道，和在多次战役中他斩下敌人首级的时候嗅到的味道很像很像。但是，战场上那股血腥味是热的，热得滚烫滚烫；可是，这宫廷里的血腥味，却是冷的，冷得彻骨透心。

赵匡胤深深吸着冷冷的空气，走出了皇城，踏着撒满爆竹碎片的道路，恍恍惚惚往自己的府邸走去。一路上，周世宗的容貌一直在他的脑海里浮现。他为什么用如此犀利的眼神盯着我呢？难道他是在责怪我接受了这个出征的任命吗？现在，契丹的铁骑正在南下，难道我应该为了表忠心推辞这个任务吗？如果世宗在世，他会如何看我呢？他会自己率大军亲征，还是会派我出征呢？

赵匡胤脑海里反复盘旋着周世宗会如何看待目前的局势。兴许是想得太多消耗也多的缘故，当走到自己的府邸门口时，他觉得饥饿的感觉突然涌了上来，于是想找些东西来填填肚子。每当兴奋或紧张的时候，他总是想大吃一顿。他就这样被饥饿感驱使，两只脚不知不觉向厨房走去。这时，他才发现，庭院里的道路上四处是除夕日撒上的芝麻秸。是的，踩了芝麻秸，就可以一年不为邪毒所伤！他可不相信这个，但是听着踩着芝麻秸发出的沙沙的、噗噗的声音，他心里有种酥麻的甜甜的感觉，同时感到脑海中诸多幻想慢慢消失，取而代之的是眼前熟悉的家里的一草一木。

当赵匡胤绕过影壁，走进西厢房的厨房时，他的心便被一种温暖笼罩了。这种温暖，让他不禁停住了脚步，静静地呆立在门口。

在缭绕的雾气中，他看到自己那心爱的妹妹阿燕正微微俯下身子在砧板上擀面。阳光从厨房的窗棂间射入，金色的光线在缭绕的水蒸气中穿过，温柔地勾勒出他妹妹玲珑的身段。灶台上正搁着一叠蒸笼，蒸气便从那蒸笼边缘不断冒出来。灶台的边缘，就在他妹妹的胳膊旁，放着一只青瓷碗。在阳光的照射下，那只青瓷碗闪着一种近似神秘的光。他看到这只青瓷碗时，心里有点担心，担心妹妹的胳膊会不小心将它碰落到地上摔得粉碎。紧挨着青瓷碗，在灶台更加靠墙的地方，是一只瓷盘，上面放着已经蒸好的几个蒸饼。这一看似平常的画面，赵匡胤在今后的岁月中会常常想起，可是此刻他却并没有意识到这一平凡生活中的平凡画面，日后会显得比黄金还要珍贵。

他那心爱的妹妹察觉到有人站在厨房门口，转过头来，见是自己的哥哥，便咯咯笑了起来。你走路怎么像猫啊，一点声音也没有！说完这句话，她才发现哥哥的神色有些异样。难道有什么大事发生了？但是，她并不开口询问。在她看来，自己这位亲爱的哥哥的性格中有优柔寡断的一面，但是他一旦打定主意，便会异常坚定地前行。以前，每当哥哥脸上露出这种神情，都预示着有大事要发生。她知道，她不应该在这个时候表达自己的意见。她期待着哥哥自己做出决定。

赵匡胤对自己心爱的妹妹抱以微笑。他慢慢走到妹妹身旁，心不在焉地抓起一个蒸饼，斜靠在灶台旁一声不响地大口嚼起来。厨房里的氤氲之气笼罩着他和妹妹，可是有好一阵子，他俩谁都没有说话。

"怎么不叫厨娘做饭呢?"

"过年了,人家也有家啊。况且,我也闲着呢。"

他想起了什么,将咬了一半的蒸饼放在灶台的边缘,伸手从自己的怀中掏出一只长过一掌的苎麻布小包,小心翼翼地打开,递到了妹妹面前。原来,小布包里是一对金钗。两只金钗的钗梁上都刻着精细的花纹,一看便知是出自能工巧匠之手。妹妹手中还拿着擀面杖,看到那对金钗,满心喜欢。

"大哥,你真好!"她那黑色的眼珠子在长长的鱼形的眼眶里放出光彩,稍微有点偏圆的瓜子脸上显出姑娘一般青春活泼的神情。她这年二十三岁了,几年前嫁给了父亲生前为她选的年轻的将军米福德。可是,好景不长,米福德在随周世宗征伐高平的战役中不幸牺牲。米福德父母早逝,家中没有其他亲人,阿燕便回到了娘家,与嫂子王氏一起侍奉母亲。

"早就说好了要送你一对金钗,没想到一直拖到今天才给你。"

"那今天哥哥怎么突然想起来了呢?"

"我要带兵出征去打契丹人了。我有一种感觉,这次出征会发生些什么事。"

"那这金钗我不要了,哥哥出征回来再送给我吧。"妹妹听了哥哥凝重的话语,心里一紧,神色黯淡了下来,身子微微往灶台上一靠,手中的擀面杖往面团上压了一下,压出一个深深的凹槽。她担心收下这金钗,会给哥哥带来噩运。这一刻,她想起了自己那位在战争中死去的丈夫米福德，心里仿佛被针刺了一下。

赵匡胤瞥了一眼妹妹，见她眼眶中泛起了泪光，手重重压在面团上的擀面杖，不禁微微呆了一下。这一瞬间，一张女人的脸庞闪过脑海，他突然意识到，眼前的这一幕在多年前曾经出现过。多年前的一天，当他还是少年的时候，有一次，他去阿琨家里找阿琨玩，他在厨房里看到阿琨的母亲就像今天自己的妹妹这样站着，手拿擀面杖，压在一个面团上，她的旁边站着阿琨。那一天，阿琨家的厨房也同今天这样蒸气缭绕。

这么多年了过去了，不知道她还好吗？赵匡胤意识到这个问题在自己脑海中盘旋了一下。他回过神来，说："我出发后，你们要小心一些。小妹，金钗你就先拿着吧。"

"不，你回来后再给我。哥，今天你怎么吞吞吐吐的。"

"……"赵匡胤手托着金钗僵在了那里。

"出征的事情，跟嫂子说了吗？"

"还没呢。娘那里我也还没去。"

"你该对嫂子好一些，哥，不是我说你啊，你整天在外打打杀杀，嫂子多担心啊，心里有多苦啊，自个儿亲生的孩子夭折了，现在怀着身孕，又带着先嫂生的孩子，含辛茹苦的，太不容易了。德昭他们尽管可爱，对她很亲，可毕竟不是己出，你又不多陪他，她心里可不好受啊。"

"哥知道你嫂子心里苦，都是哥不好！"

赵匡胤低下头，黯然说着话，手指像是突然变得笨拙了，抖抖索索好不容易将金钗包好，放在了灶台上，又拿起了那个没有吃完的蒸饼咬了一口。

"契丹与北汉已合兵入侵，我马上就要出征了。等会儿就去与他们道别，然后，就回军营去了。"赵匡胤嚼着蒸饼，含含糊糊地说。

"哥，你以后多回家待待。虽说当年你迎娶嫂子，是先帝指定的婚事，可毕竟是你亲自应允的啊。"

"你一个女人家，懂什么啊。"

"哼，不就是什么为了稳定朝政之类的理由吗。"

"小妹，难道连你也不懂哥哥的心思吗。这几十年来，天下从未曾安定过，四处是战乱与屠杀，朝廷中钩心斗角，为了权力与利益，恨不得斗个你死我活。当年如果不完成这门亲事，就无法结成稳定的联盟，先帝平定天下的志愿就无法实现。可惜……先帝也去得太早了，才三十九岁，再给他十年，说不定能够灭了各方割据，一统天下呢。"

"好了好了，哥，你少说这些大道理了。无论怎样，都过了好些年了。你怎么就不能对嫂子好一些呢？"

"小妹，哥不知道怎么跟你说……你也该为你自己的终身大事想想了吧。毕竟已经过去好几年了。哥给你留心一下吧。"

"哎，你总是这样。"

"好吧，那我就走了。你们多保重。"

赵匡胤说着，伸出一只手臂，捏住妹妹的肩膀，使劲摇了一下。
　　妹妹低下了头,眼睛湿润了。她发觉喉头哽咽,说不出话来。
　　赵匡胤松开了手，转过身子，手中拿着那个没有吃完的蒸饼，往厨房门口走去。出了门，他回头看了一眼，看见妹妹阿燕正在厨房里白色的雾气里看着自己。

三

  赵匡胤告别家人回军营后,阿燕就往嫂子王氏那里去了。

  王氏小名叫如月,是赵匡胤的第二个妻子。阿燕来的时候,她正坐在一个绣花墩子上,盯着梳妆台上一块雕刻成子母猫的玉摆件。

  那子母猫玉摆件看上去大约有九寸长,白玉为母,背负六子。冬日午后温吞吞的阳光透过乳白色的窗纸,有气无力地洒在子母猫玉摆件上。玉摆件无精打采地反射出幽幽的光。

  如月的思绪如同三月的杨柳一样在风中微微拂动,一会儿仿佛觉得自己变成了那只母猫,一会儿又想起了刚刚死去才一年多的孩子。他多么可爱啊,如果能像小猫一样一直在我身边,那该多好啊。如月想着想着,不觉泪水已经充满了眼眶,鼻子一酸,泪珠子便啪嗒啪嗒落了下来,掉在青色的背子[1]的前襟上。

在蒙眬的泪光中,如月的眼睛依然没有离开那六只可爱的小猫。那六只小猫,颜色各异,都是就着白玉上的杂色处雕刻出来的,趴在母猫背上睡懒觉的那只是玳瑁色,立着半个身子张望的那只是纯黑色,扭过头舔自己背脊的那只是黑白色,黄色的那只则做扑腾状,身上有褐色斑点的那只攀爬在母猫的屁股上,还有一只青黑色的小猫把自己脑袋缩在脖子下面挠痒痒。一只母猫和六只小猫就着一整块有瑕疵的白玉精心雕刻而成,雕刻匠人的用心之巧,令人惊叹。不过,此时的如月已经完全忘记了欣赏玉摆件的雕工,她的魂魄都萦绕在了那六只小猫上。她多么希望,自己现在肚中的孩子能快点出世啊。可是,在这一瞬间,她眼前看到了缤纷绚丽的光彩。她浑身上下顿时战栗起来。

就在一年多前,如月将死去的孩子葬在后花园的菊花之下。孩子死去时还未满月,皱巴巴的脸似乎还未长圆润。在一个平

---

[1] 背子,亦作褙子,中国古代服装款式之一,袖短于衫,或无臂,隋唐时期已流行,也是宋代男女的常服。宋代妇女穿的背子制式为对襟、直领、两腋开衩,袖有宽窄两式,衣长有膝上、齐膝、过膝、齐裙、至足多种。宫中妇女有绛罗背子,贵妇常着"黄背子"、"红背子",媒人常着"紫背子"。——作者注。

常的秋日,那双对世界充满了好奇的眼睛悄悄闭上了,竟然再也没睁开后。如月的心碎了。那时,菊花开得正盛,金色的、红色的、粉色的,各色鲜艳的菊花如同多彩的云霄,温柔地铺在花园里。但是,在如月将黑色的泥土盖在孩子棺木上的那一刻,绚丽多彩的印象竟然与悲哀的感觉紧紧联系在了一起。于是,在如月今后的生命中,绚丽多彩带来的心理感受,再也不是欢乐,而是悲伤。这绚丽多彩的悲哀啊!

"嫂子!"这时,阿燕掀开门帘子走了进来。

"你大哥刚刚走了。"如月努力将思绪从那片缤纷绚丽的光彩中挣脱出来。

"我这不来陪陪嫂子嘛!"

"劳妹子牵挂了,来,快来坐下。"

于是,阿燕坐在了如月的身旁,伸出手臂抱着她的肩膀。

"大哥这次见我,好像有很多话想说,却并没有说出来。嫂子,你怎么了?"阿燕发现了如月眼角的泪痕,关切地问。

"没什么,想起过去的一些事情。"

的确,如月此时又想到了过去的一幕。孩子死去并下葬的那几天,赵匡胤并没有在家。那时,他正跟着周世宗柴荣行进在北征的道路上。当他回到家里时,他问了句,"孩子葬在哪里了?"在得到了回答后,他一个人来到了后花园那片菊花旁边。此时,菊花早已经凋谢。他盯着黑色的泥土,没有说一句话。如月看到他转过身子的时候,眼中闪着晶莹的泪花。但是,他还是什么也没有说。如月暗中对战争充满了仇恨，因为战争，夺取了丈夫在她身边的时间，也剥夺了丈夫见孩子最后一面的机会。她也对自己的丈夫产生了一种深刻的怨恨，她恨他太狠心了，竟然没有留下来陪一陪这个刚刚出生的孩子。如果他知道这孩子活不长，他会退出那次北征吗？她不知道答案，她发现自己还是不了解丈夫。

不过，让如月伤心的还不止于此。那个晚上，从后花园回到屋里后，赵匡胤喝醉了。在他沉沉睡着后，如月从他的口中听到了"阿琨"这个名字。如月知道，这是个女人的名字。是他之前病逝的结发妻子的小名吗？还是其他女人？如果是他曾经爱过的女人，可是，为什么他口中喃喃说出这个名字的时候，脸上的表情看起来除了痛苦之外，还包含了一种难以名状的感觉了——包含了什么呢？她反复品味着那种表情里隐藏的情绪，觉得那仿佛是一种刻骨铭心的恐惧。她从来没有问，也没敢问。

"过去的事情就让它过去吧。"阿燕用果断的声音打断了如月的思绪。

"哎——"如月幽幽地探了口气。

"真是没趣，这个正月初一也没有人串门。要是大哥不出征，兴许还可以陪嫂子一起回娘家看看。要不，咱们明天带母亲一起去定力寺拜佛祈愿去吧。把几个孩子也带上，闷家里太没趣啦。嫂子，你说呢？"

"可是，明天不是慕容将军要率先锋出征了吗？你不想去看看吗？说不定会遇到你的意中人呢！"如月终于暂时放下了心事，嘴角露出一丝微笑，抬起一只手轻轻搡了一下阿燕。

"嫂子，你又取笑我了！瞧我不打你。"

"谁取笑你啦。你不是说要再找一个少年英雄吗？"

阿燕的眼睛忽闪了一下，欲言又止。

"你不会真有了意中人了吧？"

"哼，我才不想去看军队出征呢。还是去烧香拜佛的好。"阿燕没有接如月的话茬。

"那后天你大哥出征，你也不去送送吗？"

"明天一早去，傍晚回来就是了嘛。不过，大哥说不要去送他。他没有跟你说吗？"

"他说了，可是我也不知道是不是该听他的。也许我们该去送送他。"

"不用去了，大哥会生气的。每次出征他不是都不让送吗。他说那样会影响士气。不送就不送，我还不想去呢。"阿燕装出一副满不在乎的样子，微微扬起了下巴，撇了撇嘴。

"我眼皮直跳，总觉得这次会出什么事情呢。"

"嫂子，你别瞎想了。快，我帮你一起收拾东西，咱们明天一早就出发。争取傍晚回来，然后咱们后天约上魏夫人，一起带着孩子们去大相国寺。"

四

正月初二,壬寅日,作为出征统帅的赵匡胤命殿前司副都点检、镇宁军节度使慕容延钊为先锋,带领前军先行出发。

衣甲鲜亮的军队开出京城之时,老百姓争相观看。在一大早就聚到斗鸡坑旁边的看热闹的人们也纷纷跑到大街边观看出征的队伍。有些人怀中还抱着咕咕叫的斗鸡。围观的人群当中,有不少穿着光鲜衣服的女人。有些女人用手绢掩着鼻子抽泣,因为在出征的队伍中,有她们的丈夫、儿子或是情人。这样的送别场景,可能与任何一个战争前的送别场景有相似之处。谁说不是呢。从亲人眼中流出的眼泪,都是咸而苦涩的,都是一条条悲伤的河流。他们的亲人,就在这些悲伤的河流中,乘坐着命运之舟飘向了远方,有的人,永远无法再归返他们的故乡。

开封城依然被寒冷笼罩，除了一些油松还带着绿色，到处可以看到光秃秃的树丫。要不了多久，当春天重新降临大地时，这些光秃秃的树枝又会重新发出新芽，从空中看，就像四处抛落的翡翠。不过此时，寒冬里的开封城，依旧到处是萧瑟的风景。冬日的寒气里，一群群麻雀在掉了叶子的枝头静静立着，仿佛也是出来看热闹的。

慕容延钊骑着一匹铁青马走在队列的前面，他的身后，首先是一队骑兵，骑兵之后，是更多的步兵。骑兵们骑着各色的马"嗒嗒、嗒嗒"地前行，数百个马鼻子"呼哧"、"呼哧"地喘着气，在寒冬的冷空气里一瞬间便变成了白雾。骑兵们和步兵们的口鼻里也喘着气，只不过形成的白雾比马鼻子里喷出的白雾少得多。马鼻子的呼哧声，马蹄的"嗒嗒"声，街边默默送别亲人的女人的抽泣声，男人们的叫嚷声，战士们杂乱的脚步声，斗鸡的"咕咕"叫声，全都混在冬天清晨寒冷的空气中。

慕容延钊的脸像坚硬的岩石，有棱有角，薄薄的嘴唇下面，是一把黑色的长须。在闪着银光的铁头盔下，他用眼角余光默然地瞥着街边看热闹的人群，就仿佛看着没有生命的牲口一般，他的嘴角不时流露出冷笑。自从第一次打仗砍杀第一名敌人以来，他就一直用这种冷漠的眼光扫视周围的一切。可是，他依然感到自己的胸口如同有个小鼓在敲，攥着马缰绳的手心里，微微渗出汗水来。

没有作战经历的新兵走在前进的路上，很多人连手脚都有些僵硬，在他们心里，恐惧明显占据上风。有些老兵油子，表面上一副毫不在乎、生死有命的神态，走起来手臂东甩西甩，脑袋东晃西晃，享受着众人围观的得意。不过，实际上，有的人心里却在念着佛祖保佑或者神仙保佑，希望佛祖或者不论是哪个神仙能够保佑自己躲开战斗中的刀枪箭羽。

围观的人群中，有人悄悄议论。

"看情形，战事难以避免。"

"听说此次的统帅是大将赵匡胤啊！"

"怎么没有见到大将的军旗呢？"

"你这个笨蛋，现在只是先锋啊。大将能走在前面吗？"

"不是说大将都是身先士卒的吗？"

"你这糊涂虫，这是在行军布阵！"

最高兴的恐怕是那些街边卖早点、卖小吃的了。

一个挑着炊饼担子的瘦高个在围观的人群中穿行，嘴里喊着"炊饼！炊饼——"于是，不时有人扭过头摸出铜钱来买炊饼。买了炊饼的人便一边咬着炊饼，一边在兴奋中带着恐惧地观看着出征的军队。

一个路边卖馄饨的店家也拼命招呼客人，可是不一会儿，店家就开始着急了。因为围观的人都挤到桌面了，围观的人挤着吃馄饨的人，众人开始叽叽喳喳叫嚷起来。于是，店家着急地喊："小心啊！小心啊！别挤翻了桌子和摊点啊！"于是，围观之人稍稍往旁边挪了挪；可是，不一会儿又挤了过来。于是，店家又喊起来。可是，众人也不管他喊些什么，个个伸着脖子急着看热闹呢。

"哎呀，慕容延钊先锋好威风啊！不知大将赵匡胤是个啥样子？"

"听说身高九尺，额广三寸，大耳垂肩，英武无比，好比天神啊！"

"有天子之容啊！"

"小声点，小心砍头啊！"

初三，癸卯日，一大早，当天边刚刚露出玫瑰色的天光时，赵匡胤率大军自爱景门出京城。八岁的周帝柴宗训在范质、王溥等重臣的陪同下亲自到城门为赵匡胤饯行。

昨天夜里，赵匡胤衣不卸甲便在军帐中睡着了。睡着前，他将周世宗生前赐给他的怀剑放在卧榻靠头一边的角落里，在手可以够到的地方。迷迷糊糊睡了不知道有多久后，他仿佛看到天已经亮，透过未关严的军帐门的缝隙，可以看到一条宝蓝色的天空。该起来战斗了！他想要坐起身来，但是不知为何，使劲了全部力量，身体却丝毫动弹不了，连手指都无法动弹一下。冷汗从背脊冒了出来。这可怕的梦魇！放开我！我得起来！他的意念使劲催促着身体的行动。终于，他感到自己的手指可以动了，手臂可以动了。他想把那怀剑先抓到手里，于是伸出手臂。抓住了。是的，抓住了。他用手牢牢地握着怀剑，那金刀鞘吸收了寒冬之夜的寒气，冷得刺手。他想将手收回来，可是感到如此麻木，怀剑竟然从手中滑落，掉在了自己的胸口，从胸甲上弹起，又跌落在地上。这时，他发现自己醒了，奇怪的是，他的手臂依然放在胸前，身子依然没有动，还是躺在哪里。地上，也没有跌落的短剑。短剑依然还在昨晚放的地方放着，就在卧榻的角落里。军帐的门确实露着一条缝隙，天也的确微亮了。赵匡胤明白，刚才自己依然在梦魇中。这个醒前的短梦，究竟预示着什么？他呆了一下，想不出任何解释，便不再去多想。这次，他真的可以坐起身从卧榻上起来了。起来的时候，他发现自己的背脊，果然已经被冷汗浸湿了。

宰相范质为赵匡胤送行之时，老泪纵横地说："赵将军，勿辜负了先帝啊！"

"范大人宽心，本将自当继承先帝的遗愿，为天下太平而战！"说罢，赵匡胤不再看范质的眼睛和他那在清晨微风中飘动的白发。

他向旁边年幼的周帝柴宗训默默点了点头，牙关咬了一下，便翻身上马，号令大军立刻出发。他心里隐隐感到，这次出征将是他人生中最重要的一次，而且只能胜，不能败。一旦失败，契丹、北汉将从北部突入周王朝的核心地带，而南唐与后蜀则可能趁机从西南与东南对周实施攻略，后果将不堪设想。可是，如果胜利了呢？胜利后，又将发生什么呢？无论怎样，胜利是必须的！

赵匡胤想到胜利后的局面，便血脉喷张，他感到巨大的荣耀在向他召唤。但是，同时又感到一种难言的失落。

以前，周世宗在的时候，赵匡胤不曾有过这种感觉，多少次战斗，他为将自己的胜利献给周世宗而感到无比骄傲。"可是，今后，我的荣耀将归之于谁呢？！"赵匡胤为自己的这个念头感到羞愧，他有点厌恶自己的这个想法。

赵匡胤在马背上回望了一眼送别的人，不禁大为惊骇：在年幼的周帝的身旁，竟然站着另外一个自己！那个"赵匡胤"正以恶狠狠的眼光盯着马背上的自己。可恶的幻觉！可恶！赵匡胤感到头顶的毛发根根竖立，他使劲晃了一下头，突然仰天哈哈狂笑几声，"喝！喝！"大吼两声，纵马向前奔去。

大军行进间，刀枪林立，阳光照耀着数万人铁甲，发出骇人的光辉。他们行进的道路上，还留着不少昨日出征的先锋部队留下的马蹄印。很快，大路上便扬起了飞尘。

与昨日一般，街道两边挤满了看热闹的百姓。只不过，今天看热闹的人更多了。有的孩子还爬到了光秃秃的槐树和旱柳上观看。孩子们在头顶正中或偏在一边扎起来的头发，仿佛一束束新生的野草，在风中摇摇晃晃。那些站得远远的人，也兴奋地张望，啧啧称奇。

临街房屋的楼上，很多窗户都打开了，一些女人探着脑袋张望。每当在那些从窗户探出脸来的女子中看到美貌者，年轻的士兵们便发出一阵骚动，兴奋地交头接耳，仿佛把战争的恐惧暂时忘记了。

可是，许多年轻士兵很快意识到，在前面等待他们的命运之途中，可能永远不会有温柔的女子，而只有随时会带来死亡的刀剑。于是，他们开始思念他们的母亲、妻子和情人。这时，围观人群中有细心的、眼尖的，便发现在许多张年轻的士兵的脸上，不知何时，挂上了泪珠。泪珠从眼睛里流出来时，还是滚烫的，可是在清晨的寒气中，不一会儿就变冷了。

赵匡胤骑在他那匹心爱的枣红马上，看着眼前热闹的景象。他看到了一只黄狗，抬起一只后腿搁在路边的一株柳树杆上正在撒尿，他看见几个百姓正兴奋地对着他指指点点，他还看到从路边楼上的一个窗户里扔出的一条手绢，在清晨的微风中飘飘荡荡而下，就落在他那枣红马前腿的几步之外。

有一刻，他的目光停了一下，停在了路边一个男人脖子上骑着的小男孩身上。那个孩子仿佛冲他笑了笑。那一刻，他感到心里被刺扎了一下，这种痛感如此尖锐，仿佛一直刺到了心底最深入。这一刻，他想到了自己刚刚死去不久的还未满月的孩子。他想起，孩子出生和死去的时候，他都不在身边。那从未见过面的孩子，仿佛是在他沉浸在睡梦中时悄无声息地划过夜空的彗星。他现在再次意识到，他再也见不到那个死去的孩子了。

赵匡胤向部队下了严厉的命令，行军中不得扰民，不得私取百姓物件，不得骚扰民女，不得擅自离队离营。因此，沿途的百姓人心尚稳，并没有出现大的骚乱。

五

"如果小符、耿夫人还有匡美能一起去祈愿,那该多热闹啊。"赵匡胤的母亲杜老夫人上了轿子后,拉着儿媳琅琊郡夫人王氏的手,眨巴着有点昏花的老眼说。

杜老夫人说的小符,是赵匡义的夫人符氏,耿夫人则是赵匡义小时的乳母,匡美是杜老夫人的第四子,也就是赵匡胤、赵匡义的小兄弟。杜老夫人的长子匡济、第五子匡赞都在早年就夭折了。所以,杜夫人对匡美可谓爱护有加,几日不见匡美,便唠叨个不停。

"您老有些时候没有见到匡美了吧,一定是想他了。匡胤虽然带着他出征,但他只负责后勤工作,不会有事的。符妹妹上次来时,又说让匡胤多照顾她家匡义。这两年,匡胤每次出征都带着匡义,她可整天提醒吊胆的。早知道您想小符、耿夫人了,我就安排下人去请他们了。"如月左手抚着腹部说。

"哎,我也是这么一说。阿燕与小符合不来,要真来了,也不定就又要斗气呢。那个匡美,与匡义合不来,两个兄长里面,他也只对你的匡胤才服气啊。这孩子,从小脾气大,性子野,跟着他大哥磨砺磨砺也好!"杜老夫人叹了口气。

"您老说得是啊。"如月小心翼翼地迎合着。

"德恭也四岁了吧。"

"是啊。"

"我这孙儿也是命苦啊,刚刚出生,母亲便走了。他连自己母亲的样儿都没见着呢。还好有耿夫人啊。她带大匡美,如今又帮他带德恭。多亏了她。"

"等您老身体好些了,您可以自己带带德恭啊!"

"如月啊,你还真会说话!我啊,确实是想着德恭呢。可惜这身子是吃不消喽!"

"您老身板硬朗着呢!"

杜老夫人屈着右脚垂着左脚和儿媳如月坐在一个八人抬的檐子[1]里,不紧不慢地聊着天。她们看起来很轻松,但是彼此都觉得谈话有点心不在焉,因为她们的心里,一个挂念着自己

---

[1] 檐子,唐文宗开成五年(公元840年)后有关于乘檐子的记载。宋初尚无"轿子"之记载。——作者注。

的儿子、孙子，一个挂念着自己的丈夫。

在杜老夫人的檐子后面，还跟着三副四人抬的小檐子，第一个小檐子里面坐着赵德昭，第二、第三个小檐子里面坐着德昭的两个姐姐和她们的乳母。

阿燕不愿意坐檐子，她骑着一匹大白马，肩上披着一件大氅，头上戴着一顶帽子，帽子前后垂着的青纱盖头在清晨的微风中微微拂动。

透过那青纱盖头，阿燕一路观察着路边连绵不绝的小吃摊和小店面。

在马道街往南行不多久，阿燕看到三三两两的几伙人往北行去。

"快点，点检大军今早要从牛行街往陈桥门出城呢，再不快点就赶不上了！"

"我可不是去看热闹的，我兄长在军中呢，我得赶去送行的，顺便给他送包烧饼。"

"这么多人你怎么找啊，昨天怎不送啊？"

"你这笨蛋，军营能随便去吗？赵点检治军非常严厉的啊！"

"那你今天去就能找到你兄长啦？"

"老弟，我也不知道啊，可是不赶过去试试，这心里难受啊。我那老母亲要不是身子不便，她自己都想来呢！"

阿燕骑在马上，看着两个穿着短袄的男人一边说话、一边往东赶去。他们经过她的大白马时，羡慕地抬头看了大白马一眼，又赶紧低下头赶路。微风把他们远去的对话声送入了阿燕的耳朵。

不知怎的，阿燕想起了自己那可怜的丈夫米福德。"我连他的尸骨在哪儿都不知道啊！是埋在了哪个山头，还是埋在了哪片田野里呢？"阿燕鼻子一酸，感到泪水把眼眶涨得又酥又麻。

杜老夫人一行人，就在正月初三清晨的微风中，在开封热闹的人群中慢慢地往定力寺行去。

还没有走到定力寺，阿燕便闻到了顺着风飘过来的香火的气味。她看了看最靠近她马身子的那个抬檐子的仆人，只见他的一侧脸颊上挂着汗水，正伸出左手用袖子擦拭。阿燕微微勒了一下手中的马缰绳，让大白马走得慢了一点。

不一会儿，阿燕与杜老夫人一行人便到了定力寺。杜老夫人、如月在仆人的搀扶下下了檐子，德昭自己下了檐子，一脸兴奋。他的两个姐姐也由两个乳娘牵着手，正出了檐子好奇地东张西望呢。

阿燕吩咐一个仆人从行囊中取了些铜钱，就在寺庙外地摊子上买了些香火。正在那仆人买香火的时候，寺庙门口一个瘦如竹竿的和尚认出了杜老夫人，便赶紧一摇一晃地跑了过来。

"啊呀，是杜老施主啊！您来啦！"

"哎哟,是悟心师傅啊。"杜老夫人乐呵呵地回答。

"您老和几位夫人先等等啊,我这就去向住持报告啊!"

"不必啦,不必啦,我们也就是烧烧香,祈个愿。待不久就回去喽。"

"那哪成,要是让住持知道见了您我没去报告,那我准要挨禁闭啦。"

悟心和尚说着便扭身又匆匆忙忙往寺里面跑去,上寺门台阶的时候,还撞上了一个香客,把那香客手中的香火撞得撒了一地。

"这野和尚!"那香客见悟心也不道歉,只顾头也不回得往寺里窜,不禁破口大骂。

杜老夫人看着这情景,一张核桃皮的脸哭笑不得。

不一会儿,只见一个和尚披着大红袈裟,风风火火地从寺庙里出来了,后面紧跟着悟心和尚,另外还有几个高矮胖瘦不一的和尚也紧随着。

"瞧,守能和尚来了!"杜老夫人说。

要是从来没有见过守能的人乍一见他,准会被吓一大跳。这个守能长相可不一般,他的个头很高,身材魁梧,肩膀宽得像大雄宝殿前的大石碑,一张脸棱角分明仿佛岩石,最可怕的是这岩石上还像裂了一道,有一条长长的青黑色刀疤,从右眉角一直斜脱到鼻梁上。

"杜老夫人啊,守能有失远迎啊。快!兔崽子们,去帮几位施主拿香火。"守能边跑边说，前半句是同杜老夫人打招呼，后半句就是扭头对悟心等和尚说的了。守能一脸凶恶地对悟心等和尚呼喝，奇怪的是那几个倒是服服帖帖。

"打扰啦，打扰啦！守能大师啊，别来无恙啊！"杜老夫人颤颤巍巍地迎向守能伸过来的双手。

"好啊。好啊，香火旺着哪。这年头到处打仗，大伙都爱来求个平安。"

"是啊，是啊。这不，我们也来啦！"

"唔，如月、阿燕也来啦。啊呀，这个是小德昭吧，都这么大了啦。真是有苗不愁长啊。哎呀，这两个女娃子是谁啊？"守能转过一张大脸冲着两个女娃。

"这个小名叫琼琼，那个叫瑶瑶。"如月接口道。

"哈，好啊好啊，琼琼瑶瑶啊。哇哦——"守能张大嘴，猛地将头往琼琼的脸上一伸，双手举起做老虎状，想逗那女娃娃。可是，琼琼竟然不哭，反而咯咯咯大笑起来。

守能一见大乐，哈哈道："哎呀，将门虎子啊，将门虎子啊。"

这时，瑶瑶则伸出一只手，指着守能的脸上的伤疤，声音清脆地说："看，他的鼻子旁边趴了一只大虫疤！"

众人一愣，等明白过来后，马上笑成了一片。

"走走走，到禅房吃茶去！"守能伸出一只手小心地扶着杜老太太的胳膊。

"先拜佛，先拜佛哟！"

"对对对，瞧贫僧急得。"

"哈哈，大师，看样子你修行得不咋样哦！"阿燕笑着揶揄守能。

"哎，本性难移啊，本性难移啊！"守能举高另一只手掌拍了拍光秃秃的脑壳。守能和尚剃度之前曾是巨盗，因厌倦世间杀戮，看破红尘，才出家为僧。杜老夫人等常去定力寺烧香拜佛，也就慢慢熟悉了。

守能安排几个和尚将杜老夫人一行的几副檐子抬往偏殿前的空地，又安排仆人们去客房歇息了。在杜老夫人的力催下，守能先回了禅房等候，只留下悟心一人陪着杜老夫人一行去烧香祈愿。

这天，定力寺里烧香拜佛的人还真不少，香炉前，站着各色各样的人，有穿着华贵背子的商贾，有穿着灰白短褐的穷人，有男有女，有老有少。

杜老夫人坚持要自己烧上几炷香，好不容易在油灯上点着了三炷香，然后毕恭毕敬地在香炉前站立，弯着微微驼背的身子，东南西北各鞠了三个躬，然后抖抖索索地将香插在香炉里。风一吹，那三炷香冒出的青烟很快和其他香柱子的青烟缭绕在一起了。杜老夫人两只有点昏花的眼眨了几眨，也不知道是被烟熏了，还是想念起自己的三个儿子，两行眼泪不声不响地悄然从眼眶里掉了出来，在满是皱纹的老脸皮上蜿蜒地爬着。

"婆婆，我们来替您烧香吧。您歇一歇。"如月在一旁看着，抬起手臂，用衣袖按了按自己的两只眼睛，便去把颤颤巍巍的婆婆扶到了一边。

"我没事，我没事。孩子，你也去烧个香，祈个愿吧！去吧，去吧。"杜老夫人用干枯的手，发抖地抚摸着儿媳那白皙的手。

"来，我扶着，嫂子，你去烧香吧。"阿燕红着眼睛走过来，搀扶着杜老夫人。

如月从旁边的一个仆人手里拿过来三炷香，走向点香火的油灯。铸铁的油灯塔里，黑黢黢的油像一小池眼泪，沉默地任灯芯吸着、烧着。一个骨瘦如柴的老人拿着三炷细细的小香，有些焦急地等着灯芯的火苗将香头燃着。老头儿的旁边，挤着一个胖胖的中年女人，手中的三炷粗粗的香使劲往灯芯火苗上挤。

"哎呀，我的还没有着呢。你这人，等一下嘛！"老头儿的眉头皱了起来。

"你嚷嚷个啥，快点就是啦！"胖女人回了老头儿一句。

"好吧，好吧。"老头儿将手一沉，把香头伸到了眼泪池子般的油里面，然后往火苗上一凑，香头顿时燃烧起来。

如月站在这两个人的对面，虔诚地将香慢慢凑到另一根燃烧着的灯芯上。黄色的香头在火苗里，慢慢地慢慢地变黑。如月看着看着，仿佛又看到了那金色菊花下黑色的泥土。那金色混合着黑色，下面埋葬着她的孩子，她的泪水曾经浇灌了那一小块黑色的土。不一会儿，如月手中的香突然燃烧起了旺旺的火苗。

"妹子,快,快,着了着了!"对面的胖女人大声叫了起来。

如月猛然从恍惚中回过神,赶紧将香从灯芯上拿开,使劲吹灭了香头上的火苗。

她双手举着三炷香,站在香炉前,首先朝东微微欠身,开始鞠起躬来。一、二、三……九,她一共鞠躬了九次,每次心里都默念着:"佛祖保佑夫君平平安安,肚里的孩子平平安安。"

然后,她又朝着南面、西面、北面依次各鞠了九次躬,又默念五十四次平平安安。

如月把三炷香插在大殿前的大香炉内。大香炉内早已经积了很厚的香灰,如月那三炷香插下去的时候还竖立着,可是,她的手一松后,三炷香便很快倒在了那厚厚的香灰堆中。如月幽幽地看着那三炷香倒了下去,缩在袖子里的两只手微微颤抖了一会儿。

"好啊,好啊,这就好了,佛祖会保佑我们的。阿燕啊,你也去烧个香吧。"杜老夫人又催起了阿燕。

杜老夫人、阿燕和如月带着三个孩子,转遍了所有殿。要不是阿燕和如月考虑到杜老夫人年纪大了怕她吃不消,硬是劝着她,她肯定会把所有大佛与菩萨拜个遍。不过,如月可是将所有大佛与菩萨都拜了,在她心里,为着她的夫君和还没有出生的孩子,她是心甘情愿这样去做的。

中午,守能和尚陪着杜老夫人、阿燕和如月吃了斋饭。饭后，杜老夫人说要回府，守能和尚再三挽留，要请老夫人一行在寺内住上两日。杜老夫人想到在寺里住两日可以为自己的儿子们多吃几顿斋饭、多念几通佛经，便应允了。到了下午，杜老夫人让阿燕、如月带着三个孩子去寺庙的后山玩耍，自己就待在房间里念起佛经来。守能和尚自是对茶水、点心做了一番安排，要让老夫人一行过得舒心快活。

六

在这日午时,发生了一件怪事。

当时赵匡胤率领的各营正在一山坡起灶备饭,突然有一群士兵出现了小小的骚动。原来,有个士兵偶然往天上看时,发现太阳之下有一个巨大的光球异常耀眼,便大呼小叫招呼同伴抬头张望。遇到如此奇怪的事情,营地里的官兵们一时间炸开了锅,议论的声音喧嚣起来,如同大风卷过麦田,在营内传开了。

"太刺眼啦!"

"哎,好像多了一个太阳!"

"看不清啊,我看你们几个笨蛋准是路走多了,眼花了。"

殿前散员苗训听到了这样议论,心中大惊,突然想起多年前自己曾跟从师傅王处讷学习星术时,王处讷说过的一番话。

"庚申年初,太阳运行到亢星的位置,亢星性质刚强,主导着龙的行动,那时如果亢星与太阳并行,如果真的出现这种情况,一定是圣人出世的时间到了!"

今年不正是庚申年吧!

苗训突然觉得额头发热,浑身由于兴奋而战栗,赶紧呼喝道:"快拿口锅来!"

旁边一个厨子以为自己做饭的手脚慢了,慌慌忙忙,跌跌撞撞地将正准备下米的一口大铁锅捧了过来。那大铁锅的底部满是油腻,里面闪着幽幽的黑色光泽,一看就知道是用了多年了。它不知道,自己马上就要派上大用场,而且会影响到一个国家未来长久的命运。

"快去拿油!"苗训一边将大铁锅放在地上,一边又对着厨子大声呼喝。

厨子有点蒙,额头上因为着急冒出一片黄豆大的汗珠子,听了呼喝,也不及多想,赶紧又去捧了油罐子来。

苗训手忙脚乱地从厨子手中接过油罐子,揭开盖子,"哗哗"地将油往地上的锅里倒去。厨子和几个士兵在一旁看得莫名其妙。

苗训顾不上向众人解释,弓着背、弯着腰将油锅在地上移来移去。

苗训很快将油锅挪到一个位置后,便停下手,蹲下身子静静地观望着。当油面平静下来时,他在平如镜子的油面上,看到了两个太阳!

啊!果然如此!

苗训感到自己的心在胸口扑腾、扑腾地乱跳着。终于发生了!终于发生了!亢星与太阳并行了。师傅没有骗我。这一刻,苗训有种想哭的感觉。多少年了,他一直在等这个时刻。也许,我的出生就是为了这个时刻!不止一次,他都这样反复提醒自己。令人难以置信的是,就在他几乎快遗忘了师傅的那句话时,奇迹真的出现了!"如果说人可以为干大事作准备,可是这老天难道也真的为这一刻作准备吗?真是没有想到会出现这种奇怪的天象啊!"苗训想到这里,心几乎从嗓子眼儿里跳了出来。

楚昭辅持佩刀于主帅附近警戒。突然,他看到他的老朋友苗训绕过几株掉光了叶子的野瑞香,猴急猴急地跑过来。正午的阳光下,苗训的铁甲像鱼鳞一样闪着光,不断地跳动。

苗训来不及喘息,口中喷着热气,像一匹在战场上跑得半死的马驹,摇摇晃晃地停在楚昭辅面前。

苗训一把拉住方头方脑的大块头,贴着大块头的耳朵,神秘兮兮地告诉他,方才观看天象,发现日下又有圆影,仿佛又是一日。

楚昭辅闻言,方头大脑一扭,凑近了苗训的脸,几乎贴着苗训趟着汗的鼻子,奇道:"此为何征兆?"

苗训悄声道:"以此观之,恐有人冲犯当今主上。"

楚昭辅惊地一愣，眼珠子仿佛比平时大了一圈。

"休要信口开河！切切不得这般乱说。"

"兄台，小弟感激你一向关照，特以此相告，怎是乱说。最近谣言汹汹，说点检将为新天子。看来，争夺帝位的杀戮又要重演了。兄台要小心为是，如今各个节度使盘踞一方，一旦有风吹草动，天下又将陷入兵戈血泊之中了。"

"你没有把这话和其他人说过吧。"

"这话我怎敢乱说。"

"慢！依你看，如果真有事要发生，后果将会怎样？"

"天意难违，可是人间之事，一半在天，一半在人，难以预料，难以预料啊！我等只能小心行事了。"说实在的，实际上，苗训现在也确实不知道那个亢星究竟最终会应在谁的身上，但是，天象的出现似乎使之前的预谋更有可能实现了。这叫他不得不暗中惊叹天意的秘密。

"我带你去见赵将军，如何？"

"万万不可，所谓天机不可泄露。赵将军乃事中之人，那冲日之亢星，也许是他，也许不是他。这个消息不可告知于他。且看他的造化了。再说，这年头，想要称王称帝的多着呢！乱世已经延续多年，自唐灭亡以来仅仅过了五十三年，中原已经历经梁、唐、晋、汉、周五朝，之前四个朝代全是短命王朝，政变弑君如同家常便饭，皇帝登基如同走马换灯，指不定现在又有不少人正在觊觎周的帝位。如今已经手握重兵者，除了慕容延钊将军,还有赵将军的'十兄弟',石守信、王审琦、李继勋、刘廷让、韩重赟、杨光义、刘守忠、刘庆义和王政忠,他们哪一个不是一呼百应的大将。现在慕容延钊统帅大军为先锋,如果他率先扯旗子,指不定也能称王称帝呢!"苗训说罢,悄然退去,肩头的铁甲在正午的阳光下,泛着鱼鳞一般的银光。

楚昭辅持佩刀呆立,心中思潮乱涌:"究竟是谁在暗中图谋帝位呢?谁制作了那块木头现在还未查清楚,如今又出来一个重日征兆。苗训这个人从来就是神神叨叨的,应该不像是被人收买散布谣言的。如果制作那块木头的是赵将军,我不可能不知道。慢着,难道是赵将军自己暗中让李处耘办了那件事?不可能,不可能!赵将军郑重其事地吩咐我暗中调查此事,看样子不像在演戏。如果不是张永德制作了那块木头,那么,究竟是谁呢?如果制作了那块木头的另有其人,现在估计他也在准备动手了。如果这样,赵匡胤将军也有危险啊。再说,一朝天子一朝臣,万一赵将军的对头当了皇帝,我等这般跟着赵将军的人,以后可没有好日子过了!看情形箭在弦上,不得不发。与其待人宰割,不如……可是,这叫我如何对得起薛怀让大人呢!?"他想起了临出征之前薛怀让专门找他见面的场景。

"昭辅,我怀疑赵匡胤是那块神秘木头背后主谋。你要盯紧一些。如果在出征路上他有什么异动,你知道该怎么做!"薛怀让当时压低声音,颤着声音说。

"薛大人,是您一手将我带大,也是您推荐我到赵将军麾下的。赵将军一直非常信任我。我倒是没有看到任何迹象是赵将军策划了那件事情。除非，他暗中安排李处耘做了那件事。赵普也可能是谋划者。不过，我真的没有从他们身上调查出与那块木头有关的蛛丝马迹。您真的觉得赵大人是幕后主谋吗？"

"我现在也不确定。不过，现在他对少帝的威胁最大，我不得不怀疑他。"

"好！您放心。只要赵将军有对不住先帝的地方，我知道该怎么做。"

楚昭辅想到这里，感到内心被愧疚重重地击中了，疼得引起了一阵抽动。他的大方脑袋耷拉了半天，眼睛盯着那脚下用脚尖蹭出的一个小坑，心中盘算着下一步该如何走。

过了一会儿，楚昭辅扭头看到方才苗训跑过来时绕过的那几棵野瑞香，看着它们的落光了叶子的灰褐色的枝条倔强地伸向天空。"到了七八月里，它们又会开出灿烂的花的。是的，黄色的，金灿灿的。如果现在不动手，恐怕我是再也见不到那些黄色的小花了。"他这样带着悲哀的情绪思想着，在原地站了许久。

当天晚上，赵匡胤率领的中军到达陈桥驿。这陈桥驿位于开封城城外的东北部，离城里并不算远。因为赵匡胤不想令京城的居民再添恐惧，所以放慢行军速度，大军行得并不远。

赵匡胤见半藏在云层中的鸭蛋黄一般的夕阳渐渐往西边的

山头落了下去，天色渐渐暗淡下来，便下令安营扎寨。

他将主要将领邀至中军大帐，令人抬出一坛坛早已经备好的犒军美酒。在出征的前天晚上饮酒犒师，已经成了他的一种习惯。尽管有很多幕僚反对这种做法，因为他们担心这样将给敌人以可乘之机。但是，赵匡胤训斥这些人不懂战士的心情，还常常是大笑着说，"美酒可是上天对人的厚赐啊，不饮岂不辜负老天美意！"

这种习惯近乎迷信，赵匡胤相信这样子可以让将士们忘记生死，相信烈酒能够给他们增添勇气。这是大战之前的疯狂与放纵。因为，过了这一日，在战场上，谁也不知道自己的命运将会怎样。

这一晚，赵匡胤放开酒量，喝得酩酊大醉。

在似醉非醉的时候，赵匡胤将赵普拉到身旁，悄声密语道："掌书记，此次出征，干系我大周之命运，只能胜，决不能败。至于以后之事，还望书记多多思虑……啊……近来民间谣言，不知书记可有耳闻，有何感想？"

赵普时任节度使掌书记，以智谋为赵匡胤所重，多年来一直伴随在赵匡胤身边出谋划策。

赵匡胤借着酒劲，呵呵干笑两声："掌书记，你可知如今民间的谣言，已经使本将成为各方节度使的眼中钉了。说不定，哈哈，哈哈，明日起来，项上的这颗人头早就被你这种人砍下来了哦！"

"点检何出此言？！"赵普大惊失色，呆了一下，忙不迭道，"点检醉了，点检醉了！"赵普惊惶之下，依然用赵匡胤以前的职衔称呼起赵匡胤。

赵匡胤一把抓住赵普的袖子，哈哈大笑："是啊，醉了！醉了！"说罢，又仰头喝下一大碗酒。

"可是，掌书记，你可知道，那谣言的确不是本将所散布，这说明，还有人暗中觊觎帝位！"

"这个在下知道。在下也一直奇怪，为什么自张永德被除去兵权后，这个谣言会于京城内复兴。在下也一直想要查清楚这背后的操纵者究竟是谁。可是，谣言传来传去，要追根究底可着实不易啊。"

"掌书记，我问一句话？"

"将军请说。"

"我真的不曾散布谣言，你信我吗？"赵匡胤用眼睛冷森森地盯着赵普。

赵普闻到赵匡胤口中传来一股浓烈的酒气，心中咯噔一下，一时之间不知如何回答。

赵匡胤见赵普犹豫了一下，叹了口气，说："罢了，你也不信我！"

赵普这时才慌忙道："将军，说不定那谣言都是从民间自发的呢！"

赵匡胤摆摆手，道："不可能，绝不可能。一定有人在背后操纵。这谣言已经除去了张永德,现在也可能除去我。说不定是慕容延钊,或者是我那结拜的'十兄弟'中的任何一个人。当然啦,不可能是张永德。他不可能借这个谣言去夺自己的兵权。另外,南唐、契丹、北汉都可能是谣言的散布者,通过这种谣言,可以造成我大周朝君臣猜忌,如今,我大周朝少主当国,现在看起来尚有世宗余威,可这隐患已经在渐渐滋长了。乱世之中,大周已经成了砧板上的肥肉,不仅自己人盯着,东南西北都有闻着血腥、虎视眈眈的饿狼。"

赵普闻言,心中一凛,丹凤眼的眼皮往下微微一耷拉,说:"将军思虑深远,所言不差。将军如今的确身处岔道路口!这两条道路,一条通向美名,一条通向不测,前者大人终身可享福禄,却将生存于不测之天下;后者凶吉难料,却未尝没有执天下牛耳之可能。大人是希望走哪条路呢?"

赵匡胤闻言,不再言语,而是陷入了如夜色一般深深的沉默。

这一晚,赵匡胤沉浸在自己那兴奋、恐惧、悲壮与失落夹杂的感情之中。他喝得很多,不知出于什么原因,他的主要将领却喝得并不像以往那么多。他大声嘲笑他们,说是即将开始大战令他们变得怯懦了。

当晚子时,赵普与几位亲兵将赵匡胤扶回寝帐。赵匡胤倒头便睡,鼾声如雷。

赵普从帐中退出,抬头望着黑色的夜空,琢磨起赵匡胤在席间的那些话。"明日起来,项上的这颗人头早就被你这种人砍下来了哦！"这究竟是何意思？思量间，夜空中仿佛有一颗星光芒骤然一闪。赵普心中一亮，心想："人之生命，譬如星辰，如若不发出光芒，便只有没入沉沉黑暗了。"

　　人的思想真是奇妙，前一刻还在游移不定，忐忑难安，可转瞬之间，便已经下定决心，坚固如铁。赵普拿定主意，心情激动地快步走回自己的营帐，边走边想："看来我的心思一直没有白费，等到此战胜利，我将力推赵将军称帝，那时赵将军必可一呼百应，我也将因点检而名垂青史。五代乱世，即将要改变了。"

　　但是，事情的发展并没有完全像赵普所料的那样。历史像一个暗中隐藏着的巨人，用他自己的意识左右着事情的发展。

　　就在赵普与几位亲兵将赵匡胤扶回寝帐的时候，一场密谋就在黑沉沉的夜空下展开了。

　　酒席散去后，楚昭辅与一干将士聚于一堆暗弱的篝火旁。燃烧的柴火不断噼里啪啦的声音，火星在微弱的风中四处飞扬，不一会儿便在黑黢黢的夜色中消失了。

　　楚昭辅手按配刀，压着嗓子沉沉地说："诸位兄弟，今日午时，有一通晓天文的老友密告在下，说是观天象，见日下复有一日，此天象乃新天子上位之征兆，正应了'点检做天子'之预言。这难道不是向世人宣告，赵点检乃是新的真命天子吗？"

　　篝火的红光映红了楚昭辅的脸，他脸上绷紧的肌肉使他的神色透着一种诡异。

"不错,如今主上只有八岁,难以亲政。我辈舍生忘死,效命沙场,为国破贼,可是又有谁会知道呢?真不如先立赵点检为天子,我等弟兄们也好讨个荣华富贵,然后北征,那也不晚。"有人大声呼应。

又有人道:"说得对!况且,'点检做天子'的传言早已传遍天下,节度使中有实力者,早已经对赵点检心存戒心。此时不推戴赵点检为新天子,待哪个节度使自己称了帝称了王,我等以后恐怕都得难逃一劫,更勿论什么荣华富贵了。"

楚昭辅看到有几个将领攒起了眉头,好几将领还将脑袋低下去,也不知道盯着地上的什么东西。

再等下去恐夜长梦多!

楚昭辅心底不禁涌起起一股寒意。

"当断则断,不断则乱!"楚昭辅心里寻摸着,狠下心,咬紧了牙关,"噌"的一声,只见寒光闪了一下,他的佩刀已经出鞘。这时,他发现自己拿刀的手有些僵硬,连嗓子也仿佛僵硬了。他狠狠咳嗽了一声,确认自己还能够说话,便大声道:"既如此,我等即刻前往赵点检寝帐,推立赵点检。箭在弦上,不得不发。此时不发,更待何时!"

突然,有一人道:"且慢,此乃惊天大事,万万不可鲁莽。"

楚昭辅直接问:"那依你之见呢?"

"推戴天子,如若得不到支持,我等都将死无葬身之地。我看此事可秘密与两个人商量后再作定夺。"

"哪两人?"

"赵书记与赵点检之弟赵大人。有这两人支持,事情便成了一半。"

此人所说的赵书记即赵普,而赵点检之弟赵大人则指赵匡义。赵匡义时任内殿祗候供奉官都知。此二人素得赵匡胤器重,在军中亦颇有声望。

众人争吵不定之际,有一人矮小敦实的身影悄然退出,消失在黑暗之中。此人乃是时任都押衙一职的李处耘。都押衙是负责押牙旗的武职,节度使一般都自设这样的职位。都押衙李处耘是赵匡义向其兄赵匡胤推荐的人,因此不仅是赵匡胤的亲信,也可以算是赵匡义的人。

李处耘趁着夜色快步直奔赵匡义寝帐,将所闻一一告诉了赵匡义。赵匡义听了消息,森森然的脸上有一丝笑意一闪而过。这丝笑意如此细微,旁人几乎发现不了。

当即,赵匡义表示,这事必须要找赵普商量。于是,赵匡义带着李处耘,两人一起找到了赵普。

赵普刚从赵匡胤寝帐回来歇息,闻李处耘之言大惊失色。

"怎得如此突然?此时举事,恐过于仓促,点检与宿卫诸位将领的家眷尽在京城之内,此间消息若是泄露,后果不堪设想!"

李处耘斜睨了赵匡义一眼,急道:"掌书记,局面已经难以控制了!"他那像狗熊一般粗糙的脸由于紧张与激动看上去似乎变了形,敦实的身子在说话的时候不停地微微颤抖。他知道,将要发生的事情,不仅关系着他的生死,也关系着很多将士以及他们的亲人的生死。

他不会忘记,多年前,柴荣跟随郭威在魏州起兵反叛后汉,郭威夫人与柴荣夫人的全家由于都留在京城,很快便都被后汉派人全部光。如今,李处耘心里也想着自己留在京城里的妻子与孩子,如果今日失败,恐怕他就再也见不到他们了。难道悲惨的故事又要重新上演了吗?李处耘抹了一把额头的汗珠子——它们在额头上不断冒出来,一半是因为刚刚的疾跑,一半是因为极度紧张——尽量控制住自己的情绪。

赵匡义将手背在腰后,两只豹子眼微微眯了起来,两张薄薄地嘴唇抿地紧紧的。他在营帐中来回踱了两个来回,便立在那里,用眼睛一会儿看看赵普、一会儿看看李处耘。

"山林之火遇到大风,从来就难以控制,如今的将士便如在风中燃烧的山林,"赵匡义道:"我等必须拿出对策才是。"

赵普微一沉吟,对李处耘道:"罢了,李押衙,还要烦你从速潜回京城。有一件事情必须办好。"

李处耘以为是让他去通知军中诸将家眷,当即抱拳道:"掌书记放心,末将定将暗中请诸将家眷早作准备。"

未料,赵普摇摇头,神色凛然道:"非也。家眷之事,眼下已经来不及了。只好听天由命。但是,有一个人必须要找到,此事事关重大。这件事,时机一错过,麻烦可就大了。"

赵匡义与李处耘对视一眼,沉默不语。

在这一刻,赵匡义比李处耘想得更多,因为他所知道的,李处耘并不知道,赵普也不知道。现在,时机还未到,赵匡义还不想把自己所做的事告诉他们。

但是,当赵普说出了那个人的名字以及要那个人办的事之后,赵匡义不禁为赵普的应变之快、谋略之深感到心悸。他在内心暗暗对赵普起了警惕之心。"迟早,我得小心赵普这个人。"赵匡义在内心最隐秘的角落里,慢慢滋生出一个念头的种子,在此时,这颗种子刚刚发芽,所以连他自己也没有清晰地意识到。

李处耘当即告别辞去,狗熊一般敦实的身子一摇一晃,消失在黑夜里。他乘着夜色悄然潜往京城了。

李处耘刚走,赵普与赵匡义便听到外边传来一阵巨大的骚动。片刻之间,楚昭辅带着一干将士已经冲入帐内。未等赵普与赵匡义开口,诸人已经纷纷道出推戴天子之事。

"赵太尉乃赤忠之人,定不会应允各位的叛逆之行。诸位休要再说了,还是各回营帐,好好睡个觉,就当什么都没有发生吧。"听了起事将士的纷纷议论之后,赵普淡然地加以劝解。他虽然嘴上这样说,心里却早已经看透,形势已经无法控制了。

"不过,正好借机考验一下这帮鲁莽之徒的决心。"赵普心中不禁有一丝得意,拿眼睛瞟了赵匡义一眼。

赵匡义看了赵普一眼，立刻明白了他的用心，当即厉声喝道："不错，赵太尉安能被尔等胁迫行叛逆之事。尔等大逆不道，就看太尉如何要尔等项上人头！"

那群乌合之众之中，有些胆小之徒，见大将勃然大怒，便悄悄低头退去。

楚昭辅见人心开始浮动，将手中的大刀晃了两晃，大声怒喝，声震营帐："事已至此，退缩与引颈就戮有何差别！两位将军若不答应，我等便借两位项上人头一用。"此言一出，顿时有十余人狂喝相应。

这时，赵普突然丹凤眼一张，闪出两道精光。他仰天哈哈大笑起来，随后大声说："好胆略！既如此，我等尊敬不如从命，又夫复何言。不过，推戴点检之事，的确须从长计议。诸位若不听我的意见，我敢打赌，诸位项上吃饭的家伙在原来的地方待不出三日。"

诸将士闻言，顿时一下子安静下来，帐内陷入死一般的寂静。

军帐外面，黑色的夜正弥天漫地地笼罩了一切。但是，无论夜多黑多深沉，它有时却比不上人心的深不可测。

七

在那个酝酿出惊天密谋的军帐里,赵普首先打破了沉寂,他厉声陈词。

"策立天子,乃惊天动地之大事,尔等怎得如此鲁莽放肆!如今,外寇压境,本当先却强敌,再从长计议。"

楚昭辅感觉喉头紧了一下,持刀往前走了一步,道:"掌书记,你说得轻巧。方今政出多门,各方节度使拥兵自重,南唐北汉,契丹西蜀,哪个不是对中原虎视眈眈,若等到击退外寇,还不知会出现何种局面。不如先急速返京,策立赵太尉为天子,然后再从容出兵击敌,未尝会晚。如果太尉不答应,六军将士恐难以尽心效力。"说话间,手中佩刀已经提至胸前。

赵普闻言,瞥了一眼楚昭辅,只看那颗大方脑袋上的眼珠子瞪得如铜铃一般。一瞥之下,赵普已知此时楚昭辅情急意切,心中暗喜:"真乃天意啊,看来,决定天下命运的时刻要提前了。有了这样的人心基础,何愁大事不成!"

赵普这时哈哈一笑,又看了一眼赵匡义,一脸无奈道:"事已至此,看来只有立即定计,方是上策。"

赵匡义微微点头,默然不语。他那略微发胖的脸,有着和他大哥赵匡胤一样的沉稳表情,但是却似乎多了几分狠劲与冷漠。

赵普见赵匡义并不反对,心中明了。他不愧是赵匡胤身边的首要智囊,转瞬之间笑容收敛,作色道:"兴王易姓,虽说是天命,实在于人心。先锋昨晚已然度过黄河,而节度使们则在各自辖地虎视眈眈,京城若是一乱,不仅外寇将趁机深入,四方变乱也必将纷然而起。故,如若诸位将领已然下定决心,就必须在兵变之后,严格约束各自军士,要绝对禁止抢劫百姓。只要京城人心稳定,则四方自然难以生乱。只有如此,诸将士方能保得长久富贵。诸位若已定策,还请与此当场立誓,依计行事。"

多年来,赵普跟随赵匡胤南征北战,在军中具有重大威信。众人听他一说,尽皆心服,于是当场许诺,依他之令,各自回营暗中准备。当夜,赵普与赵匡义暗中派遣衙队军使郭延赟为使者,骑快马,带秘密口令给殿前都指挥使石守信和殿前都虞侯王审琦,令二人届时领军响应。这两人是赵匡胤的多年心腹,赵普知道二人早已有拥戴之心。

待郭延赟离去后,赵匡义对赵普诡秘地一笑,道:"现在就只欠一件东西了。"

赵普微微一愣,不禁问:"将军所言何物?"

赵匡义笑道:"天机不可泄露。"

赵普闻言,突然想到了什么,试探地问:"这么说来,将军您应该早就有安排了?"

赵匡义不答,对身旁的亲兵说:"你这就去将苗训请来。"

待那亲兵出了军帐,赵普一把拉起赵匡义的手,厉声问:"这么说来,主公早就有预谋,而将军您是在为主公早早作了安排?"赵普想到赵匡胤之前从未曾与自己提起过兵变的计划,内心不禁涌起一股不被信任的失落感。

赵匡义低头看了一眼赵普抓着自己的手,笑道:"不,我兄长不曾知道这事。"

赵普一听,再次愣了一下,忽然心中激灵一个寒战,压低声音问:"难道,世宗北征路上出现的那块木头以及此后谣言的复兴,都是将军您暗中策划不成?"

这下轮到赵匡义感到吃惊了,他未料到赵普之思如此敏捷,当下也没回答,只是微微一笑。

这一笑,对于赵普来说不啻于一个惊雷。他从未想到过,原来赵匡胤的弟弟竟然是谣言背后的策划人。

"在下不解,您散布那样的谣言,不是将陷你兄长与不义吗？！而且，随时可能给你兄长带来杀身之祸啊！"

赵匡义微笑道："掌书记此言差矣！我兄长宅心仁厚，在此存亡之际，如果我等不去推动，恐怕他会误了时机，到时后悔就为时晚矣。此前，我用谣言帮我兄长除去张永德，这是帮他上位成为新的点检，这次，我令谣言再起，乃是为了助他登上帝位。如今，普天之下尽枭雄，真正的英雄却不多。我大哥算得了一个。有他当皇帝，我等富贵可保，百姓可安。这有何不可！"

这一番话，说得在理。赵普听了，暗暗点头称是，心中寻思："也难怪主公有这样一个兄弟暗中谋划，此时不动，更待何时！我且助他成事！"

当即，赵普拿定主意，松开了赵匡义的手。

正当赵普与赵匡义帐内定计派遣衙队军使郭延赟回京之时，另有一人也悄悄离开了营地，悄然潜回京城。此人乃是天平节度使、同平章事、侍卫马步军副都指挥使、在京巡检韩通安插在赵匡胤营中的密探。

其时，禁军分为殿前司、侍卫亲军司，号称两司。殿前司的长官按军衔高低依次为：殿前都点检，副都点检，殿前都指挥使、副都指挥使，殿前都虞侯、副都虞侯；侍卫亲军司长官依次为：侍卫亲军马步军都指挥使、副都指挥使，侍卫亲军马步军都虞侯、副都虞侯。周世宗担心禁军被人独揽兵权，因此在两司长官的任用方面颇费心机。他以意见相左、性格相异之人分任两司长官，以期得到两相牵制的效果。

时任侍卫马步军副都指挥使的韩通恰与殿前都点检赵匡胤性格迥异，两人长期不合，常常意见相左。赵匡胤沉默寡语，心思周密。韩通则喜率性妄言，做事粗放。韩通长期以来认为赵匡胤居心叵测，常常公开指责赵匡胤。此次赵匡胤被任命为六军统帅出征，韩通深为不满，为了抓赵匡胤的小辫子，韩通特在他的军中安插了密探。这个密探没有想到，刚出京城不到一日，便得到了惊天的大消息，因此当即潜回京城向韩通通报。这一切，在这个时候，不论是赵匡胤，还是赵普与赵匡义，都没有察觉。

次日清晨，赵匡胤从醉梦中醒来的时候，一件明黄色的皇袍披在了他的身上。这就是中国历史上最著名的兵变事件：黄袍加身，陈桥兵变。

这日卯时，天光未露，赵匡胤麾下诸将已经齐集他的寝帐之外。自卯时开始，诸将环列帐前，焦急等待赵匡胤醒来。时间转眼过了近一个时辰。不过，也许是昨夜喝得太多，赵匡胤就是沉睡不醒。

眼看将到辰时，各营地的将士渐渐喧嚣。

赵普转身对心焦如焚的各位将领道："辰时已到，依计行事。"众人点头应诺。

赵匡义看时机成熟,用眼光森然地扫视了身后楚昭辅等人,把手一招喝道:"诸位随我进帐!"

众人轰然响应。进帐之后,只见赵匡胤竟依然和衣大睡,鼾声如雷。

赵匡义高呼:"苗训何在!"

话音未落,一人手捧一物,从诸将中腾身而出。楚昭辅一愣,立刻认得那人正是之前把亢星冲日的消息告诉自己的苗训。只见他手中把明晃晃的一物"呼"一声展开,却是一件明黄色的皇袍。

楚昭辅心中咯噔一下,心中暗想:"原来这个神叨叨的苗训竟然是赵匡义的人,这么说来,我是中了苗训这个家伙的计了。他娘的,看来这个家伙还有很多事情瞒着我。赵匡义难道就是那块神秘木头背后的神秘策划人?也不知赵匡义的背后是否是赵匡胤主使,如果真是那样,薛怀让将军的担心还真是对的。不过,事已至此,也无退路了!"

原来,赵匡义在出征前已经让苗训暗中制作了一件皇袍。只是,他们两个,没有想到事情发展得比他们预料的要快,而且快得多。

正当诸将发愣之时,苗训已经将明黄色的皇袍披在了赵匡胤身上。

赵普手推赵匡胤道:"点检!点检!"

赵匡胤似乎从梦中惊醒,翻声坐起,只见赵普、赵匡义等一干将领都围在他的周围。赵匡胤在这群人中,也瞥见一张由于紧张和兴奋而略显扭曲的年轻的脸。他认出那张脸是自己的三弟赵匡美。

帐篷里的紧张气氛让赵匡胤感到有些晕眩,他低头看了一眼皇袍,迷迷瞪瞪地又扫视了一下诸将的脸,忽闻帐外呼声如雷,仿佛顿时惊醒一般,露出惊诧之色,厉声问:"出了何事?"

此时,各营地数万跟随赵匡胤征战多年的将士一同击盾高呼:"点检!点检!点检!"实际上,现在赵匡胤已经不担任都点检一职了。但是,他掌兵政大权六年,手下军队早已习惯如此称呼了。

于是,在这个清晨,嘭、嘭、嘭的击盾声和如雷呼声震动了天地,仿佛整个世界都颤抖起来。

当下,赵普将诸将意图向赵匡胤道明。

赵匡胤听罢,嘴唇微微抖动,大怒道:"尔等陷我于不义也!"

赵匡义脸色森然,往前一步,用力一把抓住兄长的手腕,一字一句道:"若不答应诸位将士,六军恐难向前。"

"家眷怎么办?我们的家眷可都在京城内啊!"赵匡胤追问道。此刻,亲人们的面容倏忽闪现,老母亲、如月、妹妹阿燕,还有几个孩子们,仿佛一下子出现在他眼前。"我怎能弃他们于死地呢?!"这个想法如撞钟一样冲击着他的内心。

赵匡义面无表情,嘴角微微抽了一下,却不回答。

赵普看在眼里，伸手用力抓住赵匡胤的胳膊，接口回答："主公，我已派李处耘潜回京城，他会见机行事。"

赵普硬着头皮说出这话，他知道事已至此，绝不能后退，退则生变，所以冒着欺骗的罪名，用含糊其辞的话来消除赵匡胤的担忧。至于家眷们能否逃脱一劫，其实他也不知道。但是他在心里给自己开脱，如果不走这一步，不仅自身难逃杀戮，而且家眷们也难逃牵连。军队的暴乱的后果，谁也无法估量，作为谋士，他决不允许自己在这个时刻出错。

赵匡胤木然地看了一眼身上的黄袍，又以一种近似诡异的目光看了赵匡义一眼，仿佛看着一个从来不认识的人一样。在这一刻，赵匡胤感觉周围的一切倏然往后急速退去，自己却陷在一个空荡荡的混沌之中，这团混沌中，仿佛有无数个火球在不断旋转不断燃烧，炫目的光芒几乎令他晕厥。

仿佛经过了漫长的几千年的默然不语，赵匡胤在如雷的呼声中沉吟片刻后，终于厉声道："各位贪图荣华富贵，推戴我为天子。只是，不知各位今后能否一切皆听我号令？如若不能，我今日断不敢应允各位的要求。"

众人闻言，大喜，尽皆伏地而拜，纷纷道："唯命是听！"

赵匡义此时骤然大声进言："兵变之际，各军人心激昂，稍稍松懈，便成洪水猛兽，还请严令各军，不得劫掠百姓。"

赵匡胤神色凝重道："正合我意！"

赵普把一切看在眼内，手抚胡须，丹凤眼的眼角往上抽了抽，嘴角露出一丝意味深长的笑容。他心里知道，他改变天下藩镇割据的雄心也将有可能借赵匡胤之手而得以实现。他已经与他的理想靠近了一步。赵普甚至产生了一种幻觉：真正执天下之牛耳者，乃是我这个无冕之王，天下第一谋士！可是，这个念头一闪而过，他马上意识到自己实际上并不安全，自己的命运其实并不掌握在自己的手中，在这个军帐内，赵匡胤、赵匡义等人随时可以置自己于死地。现在，天下依然是武人的天下！"总有一天，我要让武人在读书人面前下跪！否则，天下没有安宁的日子！不过，我现在必须得谨慎从事！"赵普在内心暗暗提醒自己，收敛了心神。

"当然，赵匡义这人也不可忽视！"赵普心内肃然，很快收敛了他那不易察觉的一丝微笑。那微笑，就仿佛一线阳光穿过云团的罅隙微微一露，便又立刻被弥合的云团遮蔽。

随后，赵匡胤被众将领拥上马，当即先率一支精锐骑兵南下，急往京城而去。赵匡胤在仁和门前再次整军，随后军威肃然，开入京城。

进入外城，赵匡胤分军迅速占据皇城外围要害。骑在枣红马上，赵匡胤看着周围的一切，有点恍如隔世的感觉。当回望城墙时，他看到那灰色的城墙表面，斑斑驳驳，坑坑洼洼，像一张历经岁月沧桑的面孔。城墙表面那些凹处的阴影中，就像藏着无数双眼睛，漠然地盯着他。

虽说兵变之军秋毫无犯，但京城之中，百姓惊惧，大多不敢上街观看，有好奇者，隔着门缝往外偷窥。也有少数大胆者，缩在街角屋檐下看热闹。

进入外城之后，赵匡胤立刻派出一队人马赶往自己的宅邸，责成他们保护自己的家眷，同时亲自率精锐亲兵前往殿前都点检公署。此时，赵匡胤还不知道自己的家眷其实并不在自己的宅邸之内。

殿前都点检公署在皇城左掖门内，当时，大门紧闭，设有重兵把守。守备将领是殿前都指挥使石守信。

在左掖门前，赵匡胤人不下马，勒马远远站住。枣红马呼哧呼哧打着响鼻，等着主人的进一步命令。

"掌书记，你看现在如何是好？石守信将军乃先帝的爱将，对先帝忠心耿耿，也是我昔日好友。难道我们要强攻不成？"赵匡胤对骑马跟在旁边的赵普说。

赵普闻言，哈哈大笑，说："主公，借你兵符一用。"

"我的兵符须与王溥大人手中的兵符堪合，否则石将军不认啊。"

赵匡义插嘴道："哈哈，现在石将军就认主公手中的兵符了。其实，石将军也早有拥戴主公之心，之前，我已经安排衙队军使郭延赟暗中潜回京城去找石将军通报了。只要主公的兵符一到，石将军就会开关迎接主公。"

"好吧。事已至此，我且信你。"赵匡胤心中有些不快，有种被当成木偶的感觉。但是，他忍住了怒气，从怀中掏出了一面铜兵符。

那铜兵符模仿唐朝的征发驿马、派遣使臣使用的银牌铸成。兵符宽约一寸半，长五寸。唐朝的银牌上会用隶书刻"敕走马银牌"字样，赵匡胤手中的铜兵符，却未刻字，而在表面铸刻出虎的形状。

此时，那片铜兵符上凸起的虎的躯干发出幽幽的冷光，透露出一股杀气。赵匡胤的手指在兵符铜虎的背脊上停留了一下，手指慢慢滑过了那道幽幽冷光，然后扭身递给了骑马跟在旁边的楚昭辅。

"昭辅，你带这兵符，前去找石将军。"

"遵命。"楚昭辅双手接了兵符，心中百感交集。"如果当时我没有听信苗训的话，事情会怎样发展呢？可是，没有什么如果啊！今后，让我如何面对薛大人啊！"楚昭辅一直以来以自己的勇气为傲，可是在那一刻起，他那颗骄傲的心发现自己内心深藏的怯懦。楚昭辅怀着愧疚和对自己的深深的厌恶，纵马奔向左掖门。马蹄的"嗒嗒"声像巨钟敲打在赵匡胤、赵普等人的心头。

八

此前，衙队军使郭延赟已然将秘密口令带给负责守备公署的殿前都指挥使石守信，约定以赵匡胤的铜兵符为开关信号。当石守信看到楚昭辅所带之铜兵符后，兴奋地拍案而起，当即开关接纳赵匡胤军。

殿前都指挥使是军职名，品位次于殿前都点检，因此石守信作为殿前都指挥使，听从都点检的号令，并没有什么奇怪的。其部下军士，往日都是赵匡胤的部下，因此，石守信迎接赵匡胤的做法，在军队内并没有引起什么巨大的震动。

石守信也有自己的打算。其实，在赵匡胤出兵之前，赵匡义早已经提前拜访过他，对他说明了利害关系。他知道，在目前的情况下，拥戴自己的结拜兄弟赵匡胤，对自己最有好处；万一给慕容延钊或其他什么人先下手了，好处说不定就轮不上自己了。况且，石守信觉得赵匡胤为人不错，在结拜的十兄弟中，自己与赵匡胤最合得来。所以，当他得知赵匡义、赵普真的采取了行动，心里确是感到由衷高兴。

在石守信的配合下，赵匡胤率军以迅雷之势进入皇城。他的下一个目标，是皇城正殿。

但是，赵匡胤军在皇城正殿南面的左昇龙门，遭受到了祗候班的以死抗争。这次小小的抵抗，给赵匡胤的内心造成了巨大的冲击。

这殿前诸班是后周显德元年（公元954年）十月周世宗惩革侍卫亲军后的产物，诸班有散员、散指挥、内殿前直等号。天子出，殿前诸班则扈从乘舆，天子归，他们则负责侍卫殿陛。祗候班属于皇帝近卫禁旅，也属于殿前诸班，乃是当年周世宗亲自选拔的。因此，对于周世宗与周王室的忠诚非同一般。

当时，祗候班数十人在两个卒长带领下面对赵匡胤率领的一群虎狼之将士，拒绝打开紧紧关闭着的大门。

祗候班南门卒长涨红了脸，指着赵匡胤破口大骂："乱臣贼子，狼子野心！你如何对得起先帝的在天之灵！"

赵匡胤被劈头大骂，低头不语，脸上一阵红一阵白，攥着铁鞍头的手猛地狠狠收紧了，另一只大手不自觉向佩剑剑柄摸去。站在旁边的赵普看在眼里，拽了拽赵匡胤的衣袖，悄声道：

"主公难道忘记了自己的军令？！主公当以天下为重啊。"

赵匡胤心里咯噔一响，猛然醒悟，正欲辩解，对面的副卒长又慨然怒骂起来："赵匡胤，亏先帝如此器重你，竟然忘恩负义，简直猪狗不如！先帝开疆拓土，百姓刚刚过上几日安生日子，想不到竟然要毁在你这贼子手中！"

赵匡胤心中一痛，心想："今日之举，难道真是我的野心在作祟吗？难道，真是我想做皇帝，不想天下太平吗？"

祗候班众兵卒跟着他们卒长，冲赵匡胤破口大骂不休。

赵匡胤身后众亲兵一时之间人声鼎沸，双方之间一时剑拔弩张。

论人数，祗候班南门区区十数人简直是螳臂当车，绝不可能挡住一群虎狼之师。但是，在正副卒长的带领下，这群地位卑贱的士卒竟然表现出一股令人惊骇的气概，一时之间令赵匡胤不知所措。

这个时刻，赵匡胤抓着铁鞍头的手又狠狠收紧了一下，顿感一股电流般的痛楚从抓着马鞍的手指端开始游走到手臂，很快又游走到胸膛中间。他呼哧呼哧喘了几口气，眼光离开了那些叫骂自己的南门祗候班士卒，扫过南门两侧几颗高大的枣树。那几颗枣树上如今掉光了叶子，光秃的枝干像黑色的线条杂乱地切割着一片灰蓝色的天空。赵匡胤想起了这些枣树去年秋天的样子。秋天里的枣树，满树的绿叶子在阳光下闪烁着油亮的光。在翡翠般的叶子中间，缀满了一颗颗饱满圆润的大枣。乍一看去，绿色、深红、褐色，各种色彩斑驳地躲藏在绿叶之间，那些都是大枣皮子的斑驳的色彩。"八月剥枣"啊，可是，今天，这里的枣树只剩下枯枝了。赵匡胤就这样莫名其妙地想起了枣树往日的模样，恍惚地挺立在马背上，耳边是祗候班众人的喧嚣的叫骂声。

"将军！"旁边的赵普见赵匡胤在马上神色恍惚，大声呼喝了一声。

赵匡胤回过神来，暂时忘记了往日的枣树。"就凭你们的这份忠义刚正，今日饶你们不死，"赵匡胤咬咬牙根，冲着那些骂他的祗候班众人说了这样一句话，便转头招呼众亲兵，纵马而驰，呼啸北去，"我们走，从北门进宫！"

众人纵马奔出片刻，只见左昇龙门祗候班处竟然冒起了一股黑烟。

赵普大惊失色，回头望时，几乎跌下马，惊道："不好，内府一乱，京城非乱不可。"

赵匡胤一勒马缰，喝道："诸将士与我速回南门，切记，救火为要，不得滥杀！"

片刻，赵匡胤带着众人纵马回到左昇龙门。只见左昇龙门大开，门梁上悬着两人，正是两位正副卒长，竟以自缢身亡。两人怒目圆睁，脸已经变成了酱紫色。两人身后，十数位士卒全部自刎身亡，具具尸身横在门内，挡住了去路。门内一侧，大火中一堆纸簿名册正在熊熊燃烧，黑烟腾腾，往蓝色的天空中弥漫开去。四处飘飞的灰烬引燃了南门两边几颗高大的枣树的枯枝。深褐色的枯树干在寒气中呼呼蹿着火苗,摇曳出诡异的光芒。

原来,祗候班左昇龙门的士卒知道大势已去,只能以死抗争。许是为了不连累族人,连花名册也烧了。

刹那间,众人立马无声。

赵匡胤感到热血涌上脑门,毛发直竖,眼眶内不禁涌出了热泪。这是一个热血战士的眼泪。此时,他已经忘记了自己是黄袍加身的新天子,仿佛又回到昔日与周世宗并肩杀敌的战场。

"先帝,你有这样的士卒,足以令你万世荣耀了。他们不愧是真正的忠义勇士!"

这时,赵匡胤脑海里浮现出自己小时候的一个情景。

在那个已经模糊的情景里,有几棵不大不小的枣树,都长满了绿油油的叶子。那是个春日吧,是的,是在一个春天的日子里。因为,那些枣树正生出许多幼枝呢。就在那春天的枣树下,小赵匡胤正与他的几个小伙伴嘻嘻哈哈地绕着枣树奔跑着、玩耍着。

"长大了我要当一名勇士!"小赵匡胤挥舞着手中一根短木棍骄傲地对小伙伴说。

"别吹牛啦!"一个小孩子对小赵匡胤的豪言嗤之以鼻,一边说一边用袖头揩着鼻涕。

"谁吹牛啦!"

"不是吗,你连爬高都害怕!有本事你爬到这棵树上去!"

"爬就爬,我才不怕呢!"

小赵匡胤将小木棍扔到地上,将布条子腰带紧了紧,用两只小手箍住黑褐色的枣树干,脚踩上了那棵枣树最低的一个枝丫处,然后顺着其中一个分叉往上爬。不一会儿,他的身子已经爬到枣树的叶子里去了。可是,他突然感到手指一阵剧痛,那是因为他的手抓在了一段小幼枝上,它上面的刺扎到了他。那刺扎得他指尖好痛,这种疼痛一直从指尖传到了胸口。小赵匡胤手一松,身子便往下滑落了。等他醒来时,发现自己已经躺在了家里的床上。

在看着那燃烧的枣树的枝头时,赵匡胤知道自己为什么之前会突然想起了往日枣树挂满枣子的样子了,是那股似曾相识的疼痛感在作祟。他很奇怪地发现,在这之前,在他漫长的马背生涯中,从来就没有记起过小时候的那件事。

新的事情,就像一张网,总是在不经意间从岁月的深湖中打捞起一些似乎早被遗忘的往事。赵匡胤突然对那些死去的祗候班左昇龙门的士卒感到有些亲切,就仿佛这些死去的人不是素不相识的士兵,而是小时候曾一起在枣树下玩耍的伙伴。淡淡的哀伤,在黑色的痛苦中浮起。赵匡胤在火焰光芒的照耀下,挺立在马上一动不动,像是被哀伤与痛苦冻结在了那里。

当热血渐渐冷下来的时候,赵匡胤又感到了一股透彻骨髓的寒意。"想不到,当年纵横南北的先帝的皇权,竟然要依靠两个小小士卒来捍卫！"想到这点，赵匡胤不禁感慨万千，一种虚幻的感觉充斥了内心。

"走吧，我们还从北门进宫！"说罢，他再次率众人纵马往北门而去。

赵匡胤知道，如果不能尽快控制住朝廷的宰执，局面将越来越难以控制，兵变将可能变成一场愚蠢的闹剧。他知道，两位卒长的义举不是他现在想看到的。"不过，以后的朝廷，将需要这种乱世中罕见的忠义。"他在马背上盘算着。在他的身后，黑色的烟柱子在蓝色的天空中越升越高。

九

在北门，赵匡胤一干人马并没有遭受抵抗。从北门进宫城之后，赵匡胤率一干亲信纵马直奔崇元殿。

往日，赵匡胤觉得那歇山顶的崇元大殿的台阶显得异常高大，可是今天，当纵马往上奔走的时候，他突然觉得，马蹄脚下的台阶仿佛一下子变得扁平。曾有那么一刻，赵匡胤在马背突然感到一阵眩晕，但是他马上让自己恢复了平静。

当他们闯入崇元殿，早朝尚未结束。

宰相范质见赵匡胤率众闯入大殿，他的身上披着一件明黄色的皇袍，登时脸色惨白，呆立原地。

赵普不等赵匡胤开口，厉声喝道："六军已经推戴点检为新天子，诸位大人还不过来拜见。"

赵匡胤斜睨了赵普一眼，不语。

老宰相范质摇摇晃晃走到同为宰相的王溥身边，已经是白发苍苍的脑袋在干瘦的脖子上猛然往上一撑，一把抓住王溥的手，痛声道："仓促遣将，是我们这些人的罪过啊！"言罢，连连顿足，痛哭不已。

王溥煞白的脸上露出愧色，一时间竟不能语，呆若木鸡。他的手，已被范质紧抓出血。

见到范质等大臣的如此反应，赵匡胤眼前突然浮现出两张脸孔，那是悬在绳索上的两位舍生取义的卒长的脸孔。他感到脸上发烧，羞愧使得他几乎要低下头来。

"我是对不起这几位大人了。先帝，请你饶恕我吧！不，我怎能求得你的宽恕啊！"赵匡胤的心，如同被两头牛各从一端牵引着使劲地拉扯，脸上露出被愧疚与痛苦折磨的表情。可是，长期以来在战阵之前养成的自我控制能力使得赵匡胤很快以肃穆庄严的表情压过了那种令人感到怯懦与软弱的愧疚。

于是，如同一尊冰冷铜像的赵匡胤扭头对赵普道："掌书记，让几位老臣歇息一下，你再与他们细说这两日发生的事情。我先回点检公署。"此前，赵匡胤被改封为太尉，朝中并无点检。原点检公署也换了牌匾，但朝中私下由于习惯，依然称那处办公之地为点检公署。说这几句话的时候，赵匡胤的声调也变得平淡了。他不欲在崇元殿与后周重臣发生冲突。因为他很清楚，他需要范质、王溥、魏仁浦等重臣的认可和辅佐。他需要的是和平的禅让,而不是流血的篡位。

"不管他们怎么想,现在头等大事乃是控制局面,否则后果不堪设想。"赵匡胤再次在心里提醒自己。

赵普心中明白赵匡胤的意图,心领神会地点点头。

赵匡胤不欲在崇元殿久留,这种情形之下,看着那些旧日同僚们的眼睛让他感到非常压抑、非常不快。于是,他带了楚昭辅等几位转身出了崇元殿。未走出几步,他骤然停了下来,似乎想起了什么。

楚昭辅见赵匡胤立着不动,心里奇怪,却不敢发问。

赵匡胤忽然问:"昭辅,你觉得韩通将军怎样?"

"这个……"楚昭辅促不及答。他的心里,也被痛苦折磨着。进崇元殿的时候,他的眼光一直闪烁不定,一方面他害怕看到薛怀让,一方面,却也希望能够尽快找个机会向薛怀让做出解释。他就是这般心神不定地跟着赵匡胤,所以,当赵匡胤问起韩通的时候,他一时间不知道如何作答才好。

"韩通将军现在何处?"

"刚才没在殿上,恐是在侍卫亲军公署吧。"

"你率一队我的亲军,速去请韩将军到殿前都点检公署,就说我有要事请他相商。"

"遵命!"

楚昭辅正欲领命而去,忽然一军校匆匆奔来报信。

"报!散员都指挥使王彦升将军已经率所部精锐进入京

城，如今正在内廷西门候命，随时听赵点检差遣。"

赵匡胤一听，大喜："哈哈，他倒来得快！"

赵匡胤倏忽之间改变了主意，扭头对楚昭辅道："等等，且慢，你不用去了。"又对那报信军校道："你速回报王彦升将军，还烦请王将军前去侍卫亲军公署一趟，务必请韩通将军速到殿前都点检公署与我商议要事。对了，请王彦升将军千万不要与韩通将军发生冲突。"赵匡胤心知韩通手握重兵，且与自己长期不合，而王彦升时任散员都指挥使，职位重于楚昭辅，让他去请韩通，也显出对韩通的尊重，自然比楚昭辅去更为合适。

"是！遵命！"那报信之军校领命而去。

楚昭辅见赵匡胤改了命令，颇为不服。赵匡胤察觉出他的不满，神色肃穆地说："我另有重任交付与你。你尽快赶往范质、王溥、魏仁浦三位宰相府中，以我之命安慰他们的家属。就说，几位大人一切安好，不必担心。另外，最近局势不稳，还请他们休要随意走动。其余的话，就不用多说了。明白了吗？对了，之后顺便去我的府邸，给我家人报个平安。"

楚昭辅察觉出被主公看透心思，脸一红，应诺道："主公放心，在下这就去办。"说罢赵匡胤，领命而去。

派出楚昭辅后，赵匡胤仰头望天，沉吟了片刻。只见天空乌云滚滚，似又要下起雨来。"谋事在人，成事在天。先帝，休要怪匡胤负你！匡胤早已经体会到你的志向乃是平定天下，结束乱世。如今,蒙诸将的信赖,将你未竟之使命交付于我,匡胤怎能规避。我已经尽了我的力,如果上天真欲将天下交与我手,当令京城能在平静中度过今日。也望先帝之灵能够保佑。"赵匡胤脸上虽然神态淡然,但是心潮却狂翻不已,不禁向周世宗在天之灵祈祷起来。命运之神已经把他引向了一条新的道路,他不知道自己以后将会面临什么。

十

　　每当在寒冷的日子里，韩通都会感到身上的好几个地方隐隐作痛。右膝盖的疼痛往往令他走起路来也似乎一瘸一拐了。那是哪一次战斗呢？韩通现在已经记不清了。他参加的战斗太多了。那些鲜血淋漓的战斗，仿佛已经成为了他的生命意义，最初曾令他痛苦不堪，可是后来，离开了它，他就会感到一种索然无味的压抑。在那次战斗里，他从战马上坠落，右膝盖着地，几乎把腿都摔断了。左边的肋部，也让他感到隐隐作痛，那里曾经被一支羽箭射中。那支箭，正好嵌在铁锁甲的缝隙处被卡住了，否则他可能就被那支羽箭穿个透心凉了。还有，左脚踝、左小腿、左肩、左脸颊这四处，都有战斗中留下的伤痛。这些旧伤，在战斗之后的岁月中，给韩通带来了无法言说的伤痛。但是，韩通也因为这些伤痛而感到一种古怪的自豪，因此，他常常会在部将、同僚甚至家人面前复述自己光荣的负伤史。每当说起这些旧伤，他便在疼痛中感到无比的荣耀。

应该说，韩通确实有值得夸耀的历史。他出生在并州的太原，在老家刚刚行了成人礼，便被后晋的军队招募了。后晋是石敬瑭于公元936年叛后唐建立的。石敬瑭被契丹册封为晋帝。作为条件，也算作为报答，晋帝将幽云十六州献给了契丹。所谓的幽云十六州是幽州、蓟州、瀛州、莫州、涿州、檀州、顺州、新州、妫州、儒州、武州、云州、应州、寰州、朔州、蔚州。那年冬天，天寒地冻，在一个大雪纷纷的日子，后晋攻破洛阳，后唐灭亡了。

告别自己年迈老父上战场的时候，韩通没有一点犹豫。打架对他来说，那是自小就熟悉的事情。他那时觉得，以前与小伙伴打架，以后只不过是换些人打架而已。他总是对自己充满信心，因为自小他就天神神力，一副好身板，与小伙伴们打起架似乎从来没有输过。他进入军队后，因为打起仗来不要命很快就声名大振，于没有过多久，便当上了骑军队长。那是个不是你死就是我亡的时代，韩通凭借自己的勇武，不断获得提升。十年后，河东节度使刘知远在太原起兵，那时，因勇武而闻名全军的韩通已经是刘知远帐下的大将了。

得了幽云十六州的契丹，并没有对后晋好意相待。在获得幽云十六州的七年后，契丹起兵大举攻击后晋，经过四年的断断续续的战斗，双方在那片黄土地上堆积了层层白骨后，契丹大军攻入了开封，后晋灭亡了。这一年，是公元947年。

可是，后晋的灭亡对于韩通来说，却是人生中一个非常重要转折点。当时任后晋河东节度使的刘知远在太原起兵，契丹在往北面撤退。刘知远知道自己的机会来了，迅速率军开进了开封，改国号为"汉"。这在历史上被称为"后汉"。开封成为了后汉的都城。西京河南府、北京太原府、邺都大名府作为陪都。

作为刘知远帐下的名将，韩通不断得到晋升，很快成为了军校。之后，韩通很快又升为了检校左仆射。刘知远后来得了重病，病重后将自己的儿子托付给了两个人，一个人是郭威，另一个人是史弘肇。后汉隐帝即位后，韩通升为奉国指挥使。这期间，郭威当了后汉的枢密使。郭威素知韩通英勇无敌而且为人率直忠诚，便让他跟着自己统领军队讨伐反叛后汉的河中。在攻城战中，韩通奋不顾身率兵登城，结果身上受了六处伤。因为这次战斗，韩通被晋升为本军都虞侯。为了收买与拉拢韩通，郭威奏请朝廷任命韩通为田雄军马步军都校。韩通是个率直之人，见郭威如此器重自己，心中自然生了感激之情。

叶落叶生，花落花开，又过了几个春秋后。郭威受命镇守大名府。隐帝和李业想要除掉郭威，郭威事先得到了要猎杀他的诏书，于是在卧室中召见了当时的枢密使院吏魏仁浦进行谋划。魏仁浦劝说郭威不能坐以待毙，应趁机反叛谋取天下。此时，郭威已经知道自己没有退路，便采用了魏的计谋，篡改了隐帝下令杀他的诏书，将文辞改为令他猎杀自己军中的主要将校。这份假诏书帮助郭威激怒了部下，赢得了部下的支持。那些部下本来对郭威颇为敬畏，出了这样的诏书，怎能不劝郭威起兵反叛呢。于是，郭威在众将官的配合下，发兵渡过了黄河。

在郭威引兵进入京城开封时，韩通在其中出了不少力。郭威进开封后，篡汉自立，国号"周"，历史被称为"后周"。

北京留守河东节度使是刘知远的弟弟刘崇，他一看这局面，只好在晋阳称帝了。这样，就出现了历史上被称为北汉的王朝。这一年，是公元951年。

郭威立国后，尊奉汉太后为昭圣皇太后。这个时候，范质被郭威任命为参知枢密院事，进入了重臣行列。

郭威是个有雄心壮志的人。在建国之后，他亲自率兵征讨兖州。在这次出征时，韩通被任命为在京右厢都巡检。当时，黄河决口，浑浊的黄河水滚滚而出，流入河阴城。郭威闻讯，令韩通率领一千二百名广锐军兵，不分日夜疏通了河口，又修筑了河阴城，建造了大量营垒。因为这次功劳，韩通被任命为保义军节度观察留后。郭威随后亲自举行郊祀，正式任命韩通为节度使。这是韩通生命中非常荣耀的一刻，在此后的岁月里，每次想起这个时刻，韩通都会热泪盈眶。为了这一荣耀，他付出了太多。作为战士，他对郭威充满了崇敬，作为臣子，他更发誓要效忠这个对自己器重有加的明主。在他被任命为节度使没有多久，北汉刘崇率兵南侵，韩通受命为河中王彦超的副将，出奇兵在半路上截击刘崇，于高平地区打败了他。韩通不辞辛劳，担任太原北面行营部署，挖地道攻打太原城。太原久攻不下，郭威命令韩通等班师，镇守曹州，任检校太保。

在周世宗即位后，韩通继续效忠后周朝廷，不断取得战功，最终升到了检校太尉、同平章事、侍卫亲军马步军副指挥使的高位。

公元960年的初四，甲辰日，巳时，正当赵匡胤整军将进京城之时，侍卫马步军副都指挥使韩通正在自己的府邸内按摩着自己右膝盖上的旧伤处。就在这个时候，他接到密探的信报，知赵匡胤营中已经发生兵变。

"哈哈，不出本将军所料，赵匡胤果是狼子野心。"韩通听到消息之时，不禁为自己的直觉感到得意。但是，当他的头脑稍稍冷静了下来，他才突然想起，赵匡胤此次出征之时，已经依令将自己统辖的侍卫亲军调至城北设防。如今，在自己的府邸内外只有亲兵两百余人，加上在侍卫亲军公署留守的两百人，总数也不过四百余人。而要出城调用兵马，很可能已经来不及了。

韩通的亲信、族人韩度献策道："事急，不如带人赶赴赵匡胤府邸，将贼子的家眷扣为人质。听说赵匡胤素来孝顺自己的老母亲，只要把他的老母亲扣在手中，还怕他掀起什么风浪不成!"

"好计策,那便留下五十人,其余兵士随我前往那厮的府邸。"韩通硕大的脑袋一晃,健壮得如同树干的身躯已然立了起来。他三步并两步冲到兵器架子前,一手拿起自己心爱的大砍刀。大砍刀寒光森然的刀背上,映出韩通黑漆漆的络腮胡子和被反射光扭曲的大脑袋。

不过,韩通没有去披挂自己的铁甲,而是穿着锦袍,便带着人急急赶往赵匡胤府邸。他心知形势紧急,已经容不得他去披挂铁甲了。

这天的街道上冷冷清清,百姓们似乎早就嗅到了兵变的气味,都躲在屋里不敢出来。韩通带着一般人马,在空荡荡的街道上赶往赵匡胤府邸的时候,已经察觉出了非同一般的紧张气氛。

待到了赵府门前,韩通急不可待地冲上去,用巨大的黝黑的手掌使劲拍打起大门。坚桦制造的大门被韩通拍得咚咚直响。

不一会儿,门开了,出来开门之人是一位老仆人。

"哎哟,大将军,这是怎么了?"

韩通也不说话,硕大的脑袋往前一拱,伸手推开那个开门的老仆人,二话不说,拥兵而入。可是,他很快失望了。因为,韩通发现,赵匡胤府内空空荡荡,只有几个下人各自忙活着手头的活儿。

众兵士翻箱倒柜搜罗一通之后,竟然依然不见赵匡胤的母亲与夫人的踪影。

韩通只得将下人们集在一处问话。

"赵匡胤的老娘和夫人在哪里？快带我们去！"韩通一把揪住老仆人的衣领，吓得那个可怜的老人脸色煞白，浑身直打哆嗦。

"大将军，太夫人和夫人都出门了。"

"去哪里了？快说！"

"夫人说，是要去定力寺烧香呢。"

"定力寺？那孩子呢？"

"也都带去了。大将军，这是出什么事啦？"

"哼！"韩通恶狠狠地松开老仆人的衣领。老仆人脚下一个趔趄，仰面跌倒在地。等他费劲站起来时，韩通已经带着军士们轰然离去。

"定力寺！？定力寺！原来早有预谋！"韩通怒气攻心，仰天大吼。

韩通知道事情紧急，如果无法拿到人质，将无以节制赵匡胤，当即率众奔往京城定力寺。

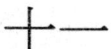

在赶往定力寺路上,韩度再次献策。他建议韩通派两组人潜出京城,一组人赶往太原,将兵变之事通报昭义节度使、中书令李筠,另一组人前往扬州,通知淮南节度使、中书令李重进。李重进乃是周太祖郭威的外甥,与赵匡胤分掌内外兵权,坐镇淮南,赵匡胤对他亦颇为忌惮。韩度富有计谋,知此二人素与赵匡胤不和,且各自拥有重兵,如能令他们出兵勤王,赵匡胤未必能够得逞。韩通一听,微微点头,知道韩度所言有理。他采纳了韩度之策,急调忠心机敏之亲兵六人,分两组潜出京城。

在韩通分派两组人马之时,韩度暗中又将自己的亲信陈骏叫了过来,悄声说:"万一我与将军有什么不测,你要为我们报仇。"韩度似乎觉出不祥的预兆,所以他不容陈骏犹豫,给他一匹马,让他速速离开京城。

韩通率兵赶到定力寺之时,赵匡胤正于内廷南门受阻。

韩通带着人马,风风火火赶到定力寺。他已经顾不上礼仪了,带着人轰然涌入山门,直奔大雄宝殿而去。一时之间,寺庙里前来烧香拜佛的人吓得往角落里乱躲。胆小的都忙不迭地想要往寺庙外跑,却都被韩通的手下军士拦住了。

寺庙内几个小和尚见如此架势,赶紧跌跌撞撞地跑进去通报。当韩通率军闯入大雄宝殿时,定力寺住持守能和尚带着几个大和尚也赶到了大雄宝殿门口。

"你是这里的住持吗?"韩通问。因为经过一番奔忙,他的头上已经满头大汗。

"正是贫僧。"守能和尚也不紧张,用低沉的声音不紧不慢地回答。

"本将军今日到你处缉拿朝廷要犯,劳烦大和尚带我四处转转。"韩通曾经见过赵匡胤的母亲杜老夫人和赵匡胤的夫人,识得她们的相貌。因此,他觉得还是不要说出自己的目的为好。"现在庙门已经派人把守了,只要赵匡胤家眷在寺庙内。我定然能认出来。"他这样琢磨着。

"原来如此,那就请大将军跟随贫僧走一圈吧。"守能和尚微微垂了一下眼皮,侧过身,伸出右手做了个往里请的动作。

然而,在定力寺,韩通扣押人质的计划再次落空。韩通带着韩度等一干人,跟着定力寺主僧守能仔细搜索寺院内的各个角落,连僧舍、柴房等处都未放过,可惜依然未见到杜老夫人等人的踪影。

"这可如何是好?"韩通满脸涨成了酱紫色,已然没有对策。他空有一身勇力,在这种情况下却是毫无用处。

韩度眯起小眼睛,牙齿咬着下嘴唇,叹了口气,说道:"为今之计,只能上朝面君,以陛下之命紧急调兵入城。"

"好吧,也只能如此了。"

当下,韩通率众又匆匆赶往内廷。

待韩通率众离去,定力寺主僧守能深深松了一口气,原来赵匡胤太夫人杜氏、夫人王氏等家眷确实藏在寺院之中的一个多年未曾开启的密阁。初三晚上,赵匡胤母亲杜氏、夫人王氏等家眷确实没有回府,而是宿在了定力寺内。初四,辰时,当赵匡胤整军将进京城之时,街头巷尾已经将赵匡胤率军入城之事传到了寺内。定力寺主僧守能剃度之前曾是巨盗,因厌倦世间杀戮,看破红尘,才出家为僧。他听到消息后,当机立断,从密阁底部撬开数块楼板,架上木梯,请赵匡胤母亲杜氏、夫人王氏等人自木梯进入密阁。寺内诸僧长期受到赵匡胤及太夫人的恩惠,自然对此事守口如瓶。

当时,韩通已经带人搜到密阁门前,但见门口尘土厚厚一层,密阁锁头紧闭,珠网缠结,确实数年未曾开启过。因时间紧迫,韩通不及多想,很快带人离去。如果当时心思缜密的韩度再在这个密阁前多待片刻,说不定会令人打开密阁仔细搜索。可是,当时韩度也是神经高度紧张,心里正急着盘算着下一步该怎么办,也没有想到密阁会有暗道与他处相通。赵匡胤母亲杜氏、夫人王氏等便是如此躲过一劫,而韩通的命运亦因此而改变。

且说韩通带着韩度,率一百多亲兵直往崇元殿而去,未到皇城的左掖门,只见远处一小股黑烟滚滚升起。韩通大呼:"大事不好!"

被情势所迫的韩通怒目圆睁,几欲流血。他狂呼不已:"晚了!晚了!左昇龙门一定出事了。恐那贼子已经去了崇元殿。事已至此,别无他法,诸兄弟随我去杀了赵匡胤那贼子!"

韩度急道:"将军,不可,为今之计,当约束诸兵士,见机行事,否则恐有血光之灾啊!"

韩通大骂道:"浑蛋!休再多言,若不是听你之言,也不至于耽搁了时间,否则我早砍了那贼子的首级。"狂怒之下,韩通已经口不择言。

韩度心中一震,已知难以改变主将的想法,慨然道:"的确是在下失虑。既然如此,我当与将军同生死!"

韩通哈哈大笑:"好!这还像话!"又昂然对众兵士道:"今日一战,可能有去无回,各位愿不愿意随我?有不愿意的,现在赶紧散了,俺也不怪罪。"

韩通所带百多位亲兵，皆是多年生死相随的亲信，听到主将的呼喝，尽皆高呼："誓杀贼子，与将军共生死！"

因自尽的士卒挡住去路，韩通当即决定率诸位亲兵绕皇城到西华门，打算从西华门进入后再前往崇元殿。他们未行出多远，只见一彪军马迎面而来，人数看上去至少千余人，当先一面红色大旗，旗帜正中绣了一个"王"。

韩通见到突然出现的人马，大惊，高呼道："来者何人？"

那边旗帜下的将军瞪着一对三角眼，哈哈大笑道："末将散员都指挥使王彦升，韩将军，你的名字我可是如雷贯耳啊。"原来，王彦升早就认得韩通，而韩通对王彦升则只闻其名，不识其人。

韩通大惊，随即亦大笑一声，装作什么事都不知道，厉声道："大胆！王指挥，是谁令你带兵到此内廷？"

王彦升并不正面回答："韩将军，还请你随我前往殿前都点检公署一趟，赵点检邀你共商大事。"

韩通冷然道："本将军正要上殿面君，通报重要军情，没有时间去。"

王彦升哈哈一笑："韩将军，这次恐由不得你。"

韩通仓促出门，身未披甲，明知无甲而战自然于己不利，但还是在马上将大砍刀一横，摆出了决死一战的架势，用铜锣般的嗓门喝道："王彦升，今日本将军正要前去面君，我看谁敢阻挡！"

王彦升见韩通只有一百多人，根本未想到他竟敢抽刀相向，显然是并不将自己放在眼里。被蔑视的感觉让王彦升心里腾然冒起了怒火，他大喝道："你死到临头，竟还未将我放在眼里。"当即是恶向胆边生。他生性残忍，一旦动怒，早就将赵匡胤"不得发生冲突"的盼咐忘到了脑后。

王彦升将自己的丈八大刀猛然一振，喝道："敬酒不吃，吃罚酒！诸将士听令，韩通人马若有反抗，格杀勿论！"

韩通瞪圆了双目，目眦欲裂，仰天大呼："先帝，你在天之灵且看末将一战！"

韩度见形势凶险，在旁一把拽住韩通马缰绳，交给一位亲兵，喝道："你带数人务必护送将军回府，关门死守，拖延时间！"

韩通大呼："浑蛋！浑蛋！快松开马缰！"那亲兵不听，牵着马缰往回便走。

韩度抽出配刀奔突而出，口中呼道："诸兄弟随我杀贼！"

韩通百余名亲兵在韩度带领下，狂呼着冲向王彦升。

王彦升没有想到韩通人马主动进击，愣了一愣，眼见韩度已经抽刀奔到马前。

韩度见王彦升发愣，腾身而起，挥刀砍向王彦升的人头砍去。眼见王彦升就要身首异处，突然一支羽箭嗖然而至，正中韩度右胸。原来王彦升部的弓箭队已经向韩通之兵射出了第一轮羽箭。

韩度狂呼一声，翻身落在王彦升马前。

王彦升惊出一身冷汗，心中惊怒，三角眼中寒光闪烁。他迅速定了神，一拉马缰，令马的前蹄重重踏在韩度的胸前。韩度顿时肋骨尽断，发出痛苦的惨叫，惨叫之间，口中挤出几一些断语残句："反贼，今日……啊——未取你……项上人头……"话未说完，他只觉项上一凉，便再说不出话来。此刻，王彦升的大刀已然砍下了他的首级。

韩度的脑袋在地上滚了很远，停下来时，两只眼睛大大瞪着，空洞地望着天空。

片刻之间，羽箭如飞，韩通的亲兵顿时有三四十人倒在血泊之中。其余数十亲信死死护住韩通，且战且退，往府邸撤去。距离皇城西华门半里之内，韩通的一百多名亲兵死伤了九成。因此，外城百姓少有人知道此处曾经还发生过一场小规模的惨烈战斗。也许，在王朝更迭的历史中还有更多类似的真实事件，可是，又有多少人会知道呢？

当将近府邸之时，韩通看了一眼身前身后，这才发觉只剩下五人三骑，而且个个满身鲜血。三匹战马的身上，也浑身淌着湿乎乎的大汗。不远处，王彦升正率一干步骑飞速追来。

韩通带着五人三骑未跑出多远，只见前面出现一彪人马，当头打一"赵"字旗帜。原来，这正是赵匡胤派出回宅邸保护家眷的亲兵，他们也扑了空，听了老仆人的报告后，便往韩通府邸赶来。

慌乱之中，韩通带人逃入府邸，大门还未关上，王彦升已率兵赶到。

随后，一场屠杀开始了。韩通拒死力战，被王彦升取了首级。韩通府邸内的五十余名亲兵，大多力战身死，少数投降的几个，也被王彦升令人砍杀。王彦升并未放过韩通的家人，韩府上下，除了亲兵之外，数十个手无缚鸡之力的老老少少，一时之间纷纷被杀身亡。只是片刻之间，韩通府邸变成了人间地狱，四处鲜血淋漓，愁云惨淡。

王彦升离开韩府之前,让手下清点了一下韩通府内的尸体,他们发现了一个问题，里面独独不见了韩通的儿子——韩敏信。

"一个驼背小子，跑了也不足畏惧！"当王彦升听说没有找到韩敏信的尸身时，他表面满不在乎地说了这样一句话，但是，私下却安排属下务必要找到韩敏信，而且叮嘱属下一旦找到韩敏信格杀勿论。

韩敏信，从小驼背，且身体孱弱，所以当时许多人都暗地称他为"骆驼儿"。也许是因驼背的原因，韩敏信从小就不喜欢外出，总是将自己锁在屋子里，陪伴他的，是一大堆书籍。其实，韩敏信的背只不过微微有些驼，但是，他自小极为敏感，每每想到此事，都深以为愧。韩通自己是个武人，却颇为疼自己的孩子。孩子从小驼背，让他内心歉疚不已，所以见孩子爱看书，就想方设法去各地搜罗。

韩敏信虽然身体孱弱，但长到二十多岁，已经是个饱读诗书颇有智谋之人。韩敏信知赵匡胤在军内威望日隆,曾几次提醒父亲小心赵匡胤,但是韩通仗着周世宗的信任,并不特别在意。

在这场屠杀中,韩府上下,除了"骆驼儿"韩敏信之外,全部被杀。可是,这个"骆驼儿"在哪里呢?王彦升对韩敏信的智谋素有耳闻,韩敏信的逃脱,令他暗暗担心。所以,自确认韩敏信从韩府逃脱后,王彦升就下定决心一定要斩草除根。

十二

赵匡胤离开崇元殿后,没有直接回公署,而是去了明德楼。

宿位诸将已经陆续赶到,簇拥着赵匡胤登上了明德楼。在明德楼上,赵匡胤下达了一个令诸将大为震惊的命令。他令进入京城的军士全部解甲还营,随时待命。即使是赵普、赵匡义都大感意外。

长着一个大鼻子的殿前都虞侯李汉超和风度优雅的内殿直都虞侯马仁瑀等人当即表示疑虑。

"如今大局未定,怎可让军士解甲还营?"

"是啊,这样是否过于草率了。"

赵匡胤将双目一瞪,略带着怒气道:"我早已对诸位说明,既推戴吾为天子,当听我号令!二位何又多言!"

在南门遇到那两个忠勇卒长后，赵匡胤发现自己的内心已经发生了微妙的变化。他知道，自己如今不仅想要成为天子，更想要得到天下的人心。因此，他做出这样的决定，并非为了展示自己过人的胆略，而是被一股无形的力量所驱使。在这种力量之下，他甘愿以自己的性命赌一赌。不，他甚至甘愿押上所有兵变将士的性命来豪赌一把。

马仁瑀、李汉超等人具都心中一凛，在这一刻，他们才真正意识到，虽然赵匡胤还未成为真正名正言顺的皇帝，但是他已经不再是过去的点检。当即，宿卫诸将神情肃然，不再反对，各自传令所部依令而行。

赵匡胤随后回到点检公署，脱下了身上的黄袍。关键时刻到来了。

片刻之后，宿位诸将拥着范质等重臣进入点检公署。

赵匡胤见到诸位大臣，呆了好一阵子，说不出话来。在一种尴尬的沉寂中，赵匡胤终于逼着自己开口了。他惊奇地发现自己的声音竟然是哽咽的。在奇怪的恍惚中，赵匡胤听到自己的声音说："我受世宗厚恩，被形势所迫，才做出了这样的事，实在是有愧天地！可是，国事危急，若不如此，六军难以驱策，事情又将会怎样呢？"说罢，他的嘴唇与下巴哆嗦起来，热泪禁不住盈满了眼眶。

宿卫诸将与大臣中有不少人为之动容。

宰相范质没有想到赵匡胤会这样说，竟然一时无语相对。

刹那间，范质有种时光倒流的感觉。许多故人的形象影影绰绰在眼前浮现出来。"那是十年前吧？！是的，是十年前啊！那时，后汉的隐帝刚刚被反叛的郭允明杀掉，郭威，不，应该叫先帝才是啊。他率兵进入京城。是的，好大的火，烧了整整一天一夜啊，烧掉了多少房舍啊，有多少百姓家、官宦家被军兵大肆抢劫啊！兵乱之中，先帝率领百官到明德门朝见后汉的太后，请求立继位的君主。还是在这个明德门，先帝又率百官请求立刘赟为继承人。太后又能怎样呢？只能照办啊。可惜这个刘赟自己也无法左右命运啊，短命的刘赟啊，你终究成了王峻与郭崇刀下的孤魂了啊。我那时还不算老啊，王峻被认命为枢密使，当时我是翰林学士、尚书兵部侍郎，竟然一下子被任命为枢密副使了。为什么啊？因为我没有反抗，不仅没有反抗，还暗中表示了支持啊。先帝啊，你的谋划真是深远啊，竟然安排汉宰相窦贞固和苏禹桂劝你自己称帝啊！太后一个女人家又能怎样呢。你当了监国，随后真的登基当了皇帝啊！先帝啊，可是今天，你看到了没有，你的故事又被别人重演了啊！老天啊，这是个什么世道啊？！为什么临老了还要让我再次遭遇改朝换代的折磨啊！？老天有眼，难道这就叫天道轮回吗？！难道，京城的百姓又要再遭一次血光之灾吗？难道这些可怜的百姓好不容易经营起来的家业，又要再遭一次劫掠吗？！"范质立在那里，神思在时光隧道中迷迷糊糊地穿梭着。郭威、王峻、刘赟、后汉的太后，那些死去的人的面孔，就在范质眼前若隐若现,仿佛只要伸手轻轻一拉扯,就能让他们挣脱时光的迷雾站到眼前来。范质就那样恍惚地盯着赵匡胤,陷入了深沉的悲哀中。

散骑指挥都虞侯罗彦环脾气粗暴,见范质等人沉默不语,按捺不住火暴脾气,便拔出长剑,上前一步,冷飕飕的长剑在范质眼前一指,气势汹汹喝道:"我辈无主,今日必须要推出一个新天子!"后来,《宋史》因这件事给罗彦环下评语,说他对于宋朝的功劳不一定先于其他人,但是对于后周,他的罪过却不在人后。

赵匡胤似乎也未想到罗彦环会如此直接,怒道:"大胆,放肆!"

罗彦环手持长剑,脸色铁青,竟不后退。

范质的嘴唇与下巴使劲哆嗦着,茫然无措,已然是老泪纵横。

王溥等人心知局面已经难以挽回,当即走到赵匡胤跟前,跪拜道:"吾皇万岁,万岁万万岁!"

范质叹了口气,干瘦的身子往下一缩,仿佛顿时矮了一截。他知道周太祖、周世宗创下的基业,已经不可能再在他们的后代身上传承下去了,迫不得已,跟着王溥等人跪拜下去,口中却呼道:"先帝!老臣无能,有负先帝,愧对天地啊!"

赵匡胤趋身上前,去扶范质,道:"范大人,负世宗之大者,乃是我,大人有经世济世之才,日后助我继承先帝遗志,继续经营天下，也不算是有负先帝啊！范大人所欠先帝者，只有一死。不过，一死何其易，为天下生又何其难啊！我知范大人不惧一死，乃是心系天下苍生。是我难为你了啊！"

赵匡胤素来尊重范质的德才，所说之语，虽有收买人心之嫌，却真正出自肺腑，在场诸臣闻之动容，忠义之士更是热泪盈眶。

赵普心中暗道："吾主果非凡夫俗子。所谓士为知己者死，这可是句句切中范老爷子的心坎啊。"

范质未想到这个即将成为新皇帝的人对自己所说并不在意，心中微微一热，却是依然长跪不起，道："将军英明如此，老臣夫复何言！只是还有一事，望将军能够答应老臣。不然，老臣只求一死！"

"好！你说。"

"请容周帝禅位于将军。请将军今后善待先帝之族人。"

"我答应你。其实，范大人所言，正合我意啊。"赵匡胤此话非虚，他的确在回京之前已经拿定了主意，并对诸军进行了约束。

"谢将军！"至此，范质依然以"将军"之名称呼赵匡胤。他用这个称呼，来捍卫自己最后的一点尊严。

说话间，忽有一人闯入公署。

来人满身血污，乃是散员都指挥使王彦升。

赵匡胤心中一沉，知道发生了大事。

"王将军，让你去请韩通将军，他怎未来？"

"主公……韩通那厮又臭又硬，竟敢动刀子。末将一气之下，已经将他斩杀。"

赵匡胤本想兵不血刃登上皇帝之位，没有想到终究不能如愿，闻言暗怒。

"死伤多少？"

"我方伤亡十六人。"

"我问的是韩通将军所部。"

"这……"

"死伤多少？"

"两百余人。"

"当时你部多少军士？"

"一千二百人。"

"韩通将军所部全部战死了？"

"……是！"

"韩通将军家眷现在何处？"

当着众人的面，赵匡胤面无表情地追问。王彦升见赵匡胤面无喜色，一脸怒容，心知自己所为并不被赵匡胤所喜，心想我为你冒死杀了韩通，你竟然没有嘉奖之意，不禁暗暗窝火。

"啊……混战之间，无人幸免。不，只有韩通儿子韩敏信当时不在府内。"

"什么？！"赵匡胤只觉血冲脑门，沉默良久，一字一句道:"彦升,你违抗军令,滥杀朝廷大将,滥杀无辜,你可知罪?!"

"主公……主公今后会为这个记得我的!"王彦升心中不服,大声咆哮起来,手往腰间一探,从背后拽下一个布囊,一下子扔在地上。布囊一散开,竟然滚出韩通的首级,骨碌碌滚去,正好停在范质脚下。范质下意识低头看去,眼光正好落在韩通尸首之上。只见那韩通的尸首兀自双眼怒睁,恍若生前。范质一惊,倒吸一口凉气,顿感手脚发冷,浑身上下不禁战栗不已。

赵匡胤见自己的部下竟然如此放肆,刹那间怒气攻心,气得双肩微微颤抖。

旁边赵匡义见气氛紧张,忙插嘴道:"大哥,王彦升将军也是迫不得已而为之。还请让他戴罪立功!"

赵普心想,这王彦升来得倒是时候,正好震慑人心,主公若此时处决他,岂非伤了己方将士之心,便忙附和道:"主公,韩通将军首先动武,也不能全部怪罪王将军,还请从长计议。当务之急,乃是尽快让周帝禅位,否则流血之事将会更多。"

赵匡胤心知赵普所言不差,但已经对王彦升心生厌恶,暗暗下定决心,今后必须改变武人不受节制之局面。

当下,他按捺住怒气,乘机找了个台阶下,道:"既如此,掌书记,此事便责成你详细勘察,来日再作定夺。彦升,你先退下吧。等等,务必派人找到韩敏信。切记,不得伤害韩公子,如他伤了一根汗毛,我拿你是问。"

王彦升百般不情愿地应了一声，匆匆退下。

赵匡胤转头对范质道："还请范大人与王大人一起，同去拜问少帝如何？"这话说得委婉，实则让两位宰相去做说客，要求周帝禅让。

"这……老臣遵命！"

赵普突然插话道："主公！不必急于拜望少帝。况且这也太令两位老宰相为难了。此刻，依臣之见，当速率文武官员返回崇元殿，举行禅位仪式。"自兵变以来，赵普即以"主公"称赵匡胤。目前赵匡胤尚未登基，如此称呼倒也合适。

赵匡胤愣了一下，心想，"这赵普聪明一世，糊涂一时，没有少帝的应允，还谈什么禅位仪式"，还未说话，赵普仿佛已经看出了他的疑虑。

"事急，不必拘礼，主公放心前往，有关事宜就交于臣安排即可。"

"大哥，掌书记所言不差，还请速回崇元殿，立刻登基！"赵匡义亦道。他心中担心事情拖久了，在京外的各处节度使可能会各怀异心，做出一些无法预料的行动。所以，当下之际，必须让赵匡胤立刻登基，避免生出变端。

赵匡胤多年征战沙场，并非拘泥之人，心中知道八岁周帝的应诺与到场只不过是个形式，而赵普与赵匡义担心夜长梦多也并非没有道理，当下也不再坚持,默默地点点头，表示应允了。

由于是阴天，天空阴沉沉的。下午，天气转凉，崇元殿外竟然透着一股清冷肃杀之气。人的心情真的很奇怪。赵匡胤在走向崇元殿的路上，不但没有欢欣之意，反而还感到无比惆怅。

周世宗的音容笑貌不由使唤地从赵匡胤记忆的长河中跃然而出。往事在他心头匆匆掠过：世宗即位后，他随世宗在高平抵抗北汉的入侵；显德三年春（公元956年），他随世宗征伐淮南，四年（公元957年）春，又随世宗与南唐交战，六年（公元959），又随世宗北征，平定关南。如今，他已经三十四岁，他生命中风华正茂的一段时光，是在世宗的带领下南征北战。他就是在血雨腥风、刀光剑影中成长起来的。没有周世宗，就没有他赵匡胤。如今，故人已逝，自己竟然要窃取他打下牢固基础的大好河山！后人将会怎样评价我赵匡胤呢？

赵匡胤在崇元殿门口站着，仰望天空，身后的文武大臣没有人知道他此刻的心境。或许，他自己也难以说清楚。

申时，崇元殿内，文武大臣站班列位。

赵普高声呼道："请周帝禅位制书！"

听得呼声，赵匡胤心中奇道，"这掌书记何时弄好了制书，莫非作假不成？"

只见一人走出班列，一双眼睛精灵闪烁，正是翰林学士承旨陶穀。他从袖中拿出一物，正是周帝禅位制书。赵普微微一笑，看了一眼班列中的都押衙李处耘，点了点头。原来，当日在陈桥驿，赵普暗遣李处耘连夜回京，正是为了事先联络陶穀准备周帝禅位制书。

禅位制书说：

  天地造出芸芸众生，为他们确立统领之人。尧舜二帝推行公道，禅让大位，大禹、商汤、周文王顺应天时，而拥有天下，他们皆有相同之处。吾乃微不足道之小儿，遭遇家族衰落，人心已去，国家的命运另有归属。咨尔归德军节度使、殿前都点检赵，禀上圣之姿，有神武之略……天地鬼神，享于有德，讴谣狱讼，附于至仁。如今吾应天顺民，法尧禅位于舜，如释重负，愿为宾客。呜呼钦哉，祇畏天命。

这禅位制书中，还盛赞赵匡胤跟随周太祖、周世宗立下汗马功劳，将周帝禅位赵匡胤的理由说得入情入理。

随后，宣徽使昝居润引导着赵匡胤进入朝堂，就龙墀北面，下拜受礼完毕，又由宰相范质扶着升临崇元殿。之后，赵匡胤穿上皇袍，戴上冠冕，登上了皇帝的宝座。朝堂内，文武大臣跪拜，山呼万岁。当晚，赵匡胤决定将八岁的周帝及符后搬往西京，以"郑王"之号易周帝的帝号，将符后尊为周太后。这位符皇后是周世宗的第三任妻子。她的姐姐是周世宗的第二任妻子，几年前病逝了。周世宗思念亡妻，迎娶了亡妻的妹妹。柴宗训是这位符皇后的姐姐所生，并非是她的亲生儿子。

这天晚上，赵匡胤带着范质、王溥、魏仁浦三人前往东宫拜见符皇后。赵匡胤永远忘不了那个晚上符皇后看着自己的眼神。在符皇后那双闪烁着晶莹泪光的眼睛中,充满了恐惧,这种恐惧甚至使她那张原来非常美丽的脸都变得扭曲了。当时,符皇后呆呆地站着,两只手紧紧搂着柴宗训,仿佛想把他永远抱在自己的怀中。由于恐惧,她的身体显得有些僵硬。屋子里没有风,她确实是一动不动地站着,可是身上的衣服却在微微抖动,她那乌云一般的发髻上插着的金钗上的珍珠坠子也一样在微微晃动。摇曳的烛光在微微晃动的珍珠表面反射着光芒,在冷寂沉默的空间中增添了一份光华明灭不定的凄凉。她怀中的柴宗训的眼睛中却没有恐惧,更多的是一种懵懂的神情。他似乎还未明白已经发生了什么和即将会发生什么。在年幼的柴宗训心里,赵匡胤叔叔是非常和蔼可亲的人,他很喜欢这个叔叔。因此,当他看到赵匡胤带着范质、王溥、魏仁浦三人进来的时候,他的眼中甚至流露出几分孩童的喜悦。要不是今日符皇后已经多次叮嘱他在赵叔叔面前千万不可多言,柴宗训说不定早已经跑过去拥抱赵叔叔了。

"皇后,陛下已经封您为周太后了!"范质眼睛不敢直视符皇后的眼睛,尽管他知道自己面前只不过是一个手无缚鸡之力的年轻女子,而且是一个实际上已经没有了任何权力的女子。她现在除了怀中搂着的那个孩子——那个已经不再是皇帝的柴宗训——已经什么都没有了。她的丈夫已经死了,丈夫的基业也已经落在旁人手中。范质满脸愧疚,好不容易说出了他想了好久才决定下来该说的那句话。

　　符皇后听了范质的话,眼睛忽闪了一下,两行滚烫的泪珠如珍珠一般落了下来。她什么也没有说。还能说什么呢?改朝换代后,一个前朝皇帝的妻子,能够不被杀戮已经是万幸的事情了。

　　"陛下已经安排了车马,明天就送你们母子去西京。柴司空也在洛阳,对你们母子也一定会多有照应的。"王溥说,"微臣的父亲也在洛阳居住,与柴司空情同手足,来往甚密,你们母子有什么需要,也可以托微臣的父亲转告微臣,微臣一定勉力办好。"

　　王溥所说的柴司空,是周太祖郭威妻子柴氏的兄长柴守礼。郭威没有儿子,便收养了柴守礼的儿子作为自己的养子。这个养子,就是历史上著名的周世宗柴荣。郭威在位的时候,柴守礼就被拜为银青光禄大夫、检校吏部尚书,并兼任御史大夫。柴荣继位后,更为自己的亲生父亲加授金紫光禄、检校司空、光禄卿等头衔。赵匡胤陈桥兵变之前,柴守礼已经致仕。致仕后的柴守礼,去了西京洛阳,在那里搭建府邸,安居享福,自得其乐。不过,关于柴守礼与周世宗的血缘关系,在周世宗在世的时候,没有人敢妄加议论的。柴守礼自己心里有数,口上也从不说起,可是在平日里仗着与皇帝的这层血缘关系,在洛阳城内作威作福。周世宗柴荣的孩子柴宗训,实际上就是柴守礼的亲孙儿。

关于如何安置柴宗训母子的事情，赵匡胤找范质、王溥、魏仁浦商量了许久，方才想出这个办法。范质为人谨慎，最初还提出了反对意见。他担心柴守礼利用自己在洛阳势力，借用柴宗训的名义挑起事端，到头来可能会引起战端，使中原再陷战乱。说服范质的不是别人，反而是赵匡胤。

赵匡胤对于柴守礼倒是放心的。柴守礼自致仕后在洛阳城内莺歌燕舞的生活，赵匡胤是早有耳闻了。不过，赵匡胤也有自己的担心，他担心的是柴守礼的那帮狐朋狗友。当时，王溥、韩令坤、王晏等几位朝廷重臣的老父亲们都住在洛阳，与柴守礼交往很密，在洛阳城里，这帮老头儿仗着权势，可谓是横行霸道，为所欲为。洛阳人很多人都害怕这些有权势的老头儿，还给这些人取了一个共同的绰号，叫"十阿父"。"如果这些老头儿勾结起来，打着柴宗训的招牌，暗中指使他们的儿子们反对我，那倒是一件棘手的事情。不过，从另一方面看，我如将柴宗训安置在洛阳，也可以借此给这些老头儿一个警示，如果他们有什么异心，我也可以以谋反之名灭了他们。"赵匡胤在心里怀着这个想法，决定将符氏与郑王柴宗训安置在西京洛阳。

对于这个安置，王溥不敢多言，但是他见赵匡胤做出这样的决定，内心也感到一种压力，因为他的父亲也在洛阳城内，而且就是与柴守礼关系较好的"十阿父"中的一位。"以后，我得提醒老父收敛收敛了啊！" 王溥是怀着这样的心情对符氏母子说出这样的话的。

"母亲，我不喜欢西京。咱们可以不去吗？"柴宗训听了王溥的话，眼睛盯着脚尖愣了一会儿后，忽然抬头，睁大黑漆漆的眼睛，天真地向母亲说。

符皇后抬手抚摸着柴宗训的头，不知道该怎么回答孩子的问题。

范质、王溥、魏仁浦听柴宗训说出这样的问题，都是脸色大变。

赵匡胤听了柴宗训的问题，看着他那红扑扑的小脸，心底涌起了一股怜爱之情。他走了过去，蹲下了身子，伸出两手轻轻抓住柴宗训的肩膀，微笑着说："宗训，乖乖的，听叔叔的话，陪你母亲一起去西京好吗？你现在是男子汉了，要照顾好你母亲。叔叔要在京城里办些事情，比如疏通河道啊、修建城墙啊。都是些大人干的事情，到时候，这里会很乱很吵。西京那里安静，还有很多好吃的东西，你与母亲会喜欢那里的。"

"叔叔没有骗我吧。"柴宗训天真地问。

"叔叔不骗你。等有空了，叔叔去西京看你与你母亲。好吗？"

"嗯，那好吧！"柴宗训开心地笑了起来，红扑扑的小脸像新鲜的苹果，可爱极了。

赵匡胤看着柴宗训，想到了自己从未见过面的夭折的孩子，鼻子里一酸，眼中泛起了泪光。

"叔叔，你怎么哭了呢？"柴宗训伸出小手，小手指轻轻触到了赵匡胤的脸庞。赵匡胤感觉到那小孩子手指温软光滑的皮肤在自己粗糙的脸上碰了碰。这轻柔的天真的碰触，从那个触点引发了一股暖流，流入他的心房。

"没有没有，叔叔才不像你那么爱样哭鼻子呢。"赵匡胤赶紧站起来，忍住了即将涌出眼眶的泪珠子。

离开东宫后，赵匡胤心中百感交集。他与三位大臣说自己还要回崇元殿去坐坐，并安排三位大臣各自回府邸休息。三位大臣一听新皇帝还要去崇元殿，一时之间面面相觑，不知道赵匡胤究竟安排了什么要事。三人不敢多问，在侍卫的护卫下各自回府邸去了。在去崇元殿的路上，赵匡胤一路陷入沉思。"韩敏信还不知下落。务必找到他，韩通对于周而言，也算忠臣。他的后人流落江湖，未必不是一个隐患。还有，现在分布各地的节度使个个拥兵自重，看来要做的事情还很多啊。"赵匡胤一路思想着，在楚昭辅等几个亲信的护卫下往崇元殿走去。在那里，他已经约了一个人。这个人，他今晚一定要见。

正月初五，乙巳日，新皇帝赵匡胤大赦天下，改年号，定国号为宋。此后延续三百二十年的宋朝，自此立国。赵匡胤又诏谕天下，对诸道节度使、将领封赐行赏。

后来，欧阳修《五代史》因此说梁、汉时用"亡"，书晋时用"灭",至于周,则大书"逊于位,宋兴"。苏东坡则说:"呜呼!我宋之受命,其应天顺人之举乎!"

卷二

一

　　禅位仪式完成的那个晚上，赵匡胤并非如世人所想那样处于狂喜之中。实际上，他心情沉重，思绪万千。他让范质、王溥、魏仁浦三人各自回了府邸后，自己在楚昭辅等亲信的护卫下来到了崇元殿。
　　这天晚上，也许是想得太多了，他的头疼病又发作了。这个毛病，是他自小落下的。一次，他为驯服一匹烈马，驾着它狂奔了三十里。在进入城门的时候，那马突然腾身跃起，他的脑袋正好撞上了门楣，当即翻身坠地。当时，为了争口气，他硬是忍着剧烈的头痛，从地上站起来，装作什么事也没有。于是，这个事情，被当作一个小小的传奇，很快传遍了乡里。
　　二十年过去了。赵匡胤长大了。头疼的毛病，却一直伴随着赵匡胤。这个晚上,他的头又疼了起来。

楚昭辅已经向他汇报了定力寺发生的一切。主僧守能现在也已被他传到了跟前。

崇元殿内,几支巨大的蜡烛照亮了大殿的一部分,那团烛光之外,却是黑黢黢,蕴藏着一种沉重的深邃。大殿内只有赵匡胤与定力寺住持守能两人。楚昭辅等几个侍卫已经退至殿外。

"大师今日之恩,匡胤终生不忘。"在守能面前,赵匡胤并不以皇帝自居。赵匡胤早知守能的底细,知他有异才,因此对他相当看重。

"乃是上天在庇护陛下,不必感谢贫僧。"

"不日朕便令人重新修葺寺院,重塑金身,以谢大恩。"

"陛下糊涂!"

"大师何出此言?"赵匡胤一惊。

"天下战乱已久,百姓流离失所,于此之际,陛下因一家之事,大兴土木,兴佛建寺,难道不是弃天下而谋空名吗?"

赵匡胤闻言,不禁腰板一挺,坐直了身体,肃然起敬:"大师之言,震耳发聩,匡胤愚昧。"

说罢,赵匡胤手抚额头,陷入沉默。

守能眼皮低垂,亦不语。两个人便静默地对坐着,仿佛崇元殿里的两尊雕塑一般。

片刻,赵匡胤道:"大师,匡胤还有一事相问。"

"哦?"

"我本欲全韩通之命,却不料害得他满门尽灭。韩通与我无深仇大恨,只不过人性情直率,刚愎自用,落得如此下场,确实令人为之心痛。不知大师如何看待韩通之死,如今谣言必然已经四处传给了……事已至此,我深愧当日用人不当。如今,如何处置王彦升也是一个棘手的问题。"

"世间因果相报。韩通之祸,亦非偶然。陛下担心的恐是各方节度使对此事的看法吧?"

"不错。"

"陛下荣登大宝,乃顺天应民,区区一些藩镇难以改变大势。只是……"

"只是什么?但言无妨。"

"只是……韩通之祸,说明周世宗威名尚在,世间人心还有依恋。而韩通惨遭灭门,必然使一些拥有重兵的藩镇节度使心怀恐惧,难以完全信任陛下。陛下所希望的太平盛世恐怕不会很快到来。"

"大师的意思是,战争已经在所难免?"

"虽然陛下本无杀韩通之心,可是世人可能生出各种猜疑,必有人认为是陛下暗中授意属下除去韩通。理由就是他手握重兵,且与陛下长期不和,因此陛下必除之方能安心。"

"难道这件事就无法向世人说清楚吗?"

"有些事情是很难说清楚的。多年的战乱与杀戮已经使世人心中的良善与单纯多被奸诈与猜忌所蒙蔽。天下四处都布满了战争的种子。"

"……那么,战火可能在哪里燃起呢?"

"这个,就非贫僧所能解答了。凡是手握重兵者,或是忠于周世宗者,或与陛下长期不和者,皆有可能成为点燃战火的柴薪。"

"以大师之见,如今后周之地,何处最为关键?"

"京城自然是全国之心脏,乃为枢纽,牵一发而动全身。泽潞之地,郓曹之地,如国之颈项;淮南诸州,如国之右足;雄武诸州,如国之左足;真定之地,则如天灵;房州、随州则如腰腹。"

"镇安节度使、侍卫马步军都虞侯韩令坤之前已经领兵北巡。契丹与北汉狼狈为奸,入侵我境,慕容延钊将军已经率先锋三万北征,估计也快到真定之地了吧。真定之地,我并不担心,只是若对契丹北汉的战事一时难以结束,恐他处会生出变乱。"

"陛下英明!故,当速将陛下登基之事遍告天下,同时尽快派大军后援慕容,如此,方能震慑敌军,契丹北汉如有自知之明,自然不战而退。"

"大师所言,正合吾意……可是,不知慕容将军、韩令坤将军听到禅位之事,会有何感想?"

"当务之急,可加封慕容将军、韩令坤将军,以安其心。"

"那么,那王彦升……"

"此人绝不可杀。"

"哦?"

"一杀此人,谣言必说陛下乃是杀人灭口,王彦升便会成为谣言中的替罪羊,不但于事无补,而且使陛下陷入更糟糕的境地。"

"……"

"当然,陛下今后再用此人,必小心谨慎为是。贫僧多言,陛下见谅。"

"多谢大师提醒。听大师一语,匡胤茅塞顿开……"

"陛下过奖。"

"对了,大师,你看将寺名改为'封禅寺'可好?"

"好名字,谢陛下赐名。"守能淡淡一笑,低首谢恩。

"喂,明马儿,改日我请你喝酒。"赵匡胤忽然笑着说。

明马儿是守能为盗之时的名字。守能听赵匡胤忽唤起他以前的名字,微微一愣,随即笑道:"呵呵,守能是不喝酒了,明马儿倒是个酒鬼啊。"

守能的微笑在脸上一掠而过,在那短暂的一瞬间的笑容中,赵匡胤看到了守能出家之前的生机勃勃的脸孔,可是,那张脸孔转眼便变成了一张古木般的高僧的脸。守能退出崇元殿后,赵匡胤目送守能和尚慢慢走出了大殿后,收敛起了笑容。

初五,赵匡胤令人将家眷接入大内坤宁宫。这几天来,赵匡胤的母亲与妻儿每天都处在恐慌之中,要不是当时守能和尚的机智与冷静,他们很可能已经被韩通捕获。

当赵匡胤再次看到自己的母亲与妻儿时,他有种恍如隔世的感觉。"如果当时他们成为了韩通的人质,我该怎么办?为了救他们,我会在韩通面前放下武器吗?韩通会杀了他们吧?如果我放下武器,向韩通投降,韩通会饶恕他们吗?如果他们被韩通抓了,我究竟会怎样呢?也许那种情况下向韩通屈服是对的,可是,如果我放下了武器向韩通投降,跟着我的将士们怎么办?难道他们要跟着我一起被作为反叛者被处死吗?即便我放下武器投降,韩通真的会放了我的妻儿吗?!"这些问题,如同讨厌的乌鸦群,在他变得混沌昏沉的头脑中来回盘旋。在反复寻思着这些问题时,赵匡胤感到一阵阵寒气袭上心头,当他蹲下身子抱住小德昭的时候,他几乎瘫软在地上。"幸好,幸好!幸好我现在还能把你在抱在怀里啊!"赵匡胤抱着小德昭,嘴里发出只有自己才能听见的喃喃自语。小德昭在他的怀中,给他不断哆嗦着的几乎变得僵硬的身体传来了一阵温暖。赵匡胤紧紧地抱住了小德昭,脸颊贴着小德昭的光滑的小脸,沉醉在那温柔甜蜜的亲情中。

德昭刚刚九岁,一双大眼睛乌黑发亮,眉目清秀,看上去非常像他的母亲。不过,他那小小的下巴的轮廓,却有着他父亲下巴的模样。小德昭的两个姐姐琼琼和瑶瑶,一个十四岁,一个十二岁。三个孩子来到了坤宁宫中,看到宫中宽大的屋子,精美的家具以及各种各样新奇的摆设，暂时忘记了这几天来受到的惊吓。在乳母的陪同下，三个孩子已经在坤宁宫里转了好一阵子了。当父亲来看他们的时候，他们坐在墩子上，脸上由于兴奋都是红扑扑的。他们的母亲，正吩咐几个仆人准备晚上的饭菜。

"父亲，以后我们都可以住在这里了吗？这里真的好大啊。"年幼的德昭看到父亲的时候，似乎对这个陌生的住处已经产生了留恋。

赵匡胤摸了摸儿子的脑袋，微笑了一下，并未回答。

德昭姐弟三人乃赵匡胤原配夫人贺氏所出。两年前，即显德五年（公元958年），年仅三十岁的贺夫人因病去世，留下了子女三人。三个孩子现在也许还不知道，他们的命运，将因赵匡胤的登基大大改变。

继室王氏如月于显德五年（公元958年）嫁给赵匡胤时，虚岁十八。如月乃后周彰德军节度使王饶将军的第三女，容貌出众，擅弹筝鼓琴。但是她自幼体弱，出嫁后，已为赵匡胤生了一男，然而不幸夭折。丧子的打击，使如月变得郁郁寡欢，闲时除了弹筝鼓琴，更以念诵佛经为好。虽说有德昭姐弟三人可以疼爱，但是毕竟非己所出。所以，每次见到夫君，如月总是满脸愧色。

当夜晚正悄悄降临的时候，如月点亮了屋中的火烛，将仆人们做好的饭菜一一摆上桌，两个女孩静静坐着，而德昭却迫不及待地想要动筷子。如月瞪了他一眼，德昭赶紧将手缩了回去。

太夫人杜氏带着阿燕，也来到了如月的屋子中。今日见到儿子平安归来，又可与自己的儿子媳妇一起吃晚饭，太夫人杜氏别提有多高兴了，她哆嗦着手，不停地往赵匡胤的碗中夹菜。这个时候，尽管自己的儿子已经登基成为了新王朝的皇帝，但是在太夫人杜氏的眼中，赵匡胤还是自己的儿子。太夫人杜氏在这个时候还没有对儿子的新身份生发出强烈的意识。但是，从小接受父亲王饶教育的如月已经变得更小心翼翼了。她一声不响地摆放好碗筷，轻手轻脚地将自己坐的绣墩挪了挪，在靠近长方饭桌一角的地方摆好，然后才侧身浅浅地坐在了绣墩上。

赵匡胤将如月的一举一动瞧在眼里，不知为什么，心酸的感觉像虫子一样在心底蠕动起来。赵匡胤感到这些可恶的虫子不停地蠕动着，在他的心房里钻孔、挖洞，毫不怜悯地吸食着他的血液；它们钻进他的血管，在他每一根血管中爬行，慢慢遍布了他的全身；它们钻进他的脑袋，四处侵入他的神经，撕咬着，吞噬着。赵匡胤看着自己的妻子，想说些什么，可是他还是沉默了。在他的耳边，母亲催他吃菜的声音仿佛从遥远的地方传来，飘飘荡荡，若隐若现。"多吃点啊！多吃点啊！"

"对了，匡美最近可好？他被你安排到石守信帐下，也不知道干得顺心不顺心啊！你们兄弟三个，我最担心的就是匡美啦！"

"母亲，您老就放心吧。石守信是孩儿的好兄弟，一定会照顾好匡美的。况且，眼下也没有什么战事，让匡美跟着石守信，主要是为了让他多些历练。他自个儿心气也高着呢。"

"说得也是啊！哎，就他那驴脾气，不受点挫折，以后可要吃大亏啊！"杜老夫人说完，咳了数声，又长长叹了口气。

见母亲思虑匡美，赵匡胤心中也不禁抑郁，埋头闷吃了几口饭菜，想起一事，手中一手端着黑瓷碗，一手拿着筷子，看了母亲一眼，说道："母亲，有大臣奏请册封您为皇太后了。要不择个吉利的日子，孩儿给您老办个册封典礼？"

太夫人正忙着往孙子和孙女的碗里面夹菜，听了这话，放下了筷子，眼睛眨巴了几下，两行泪水竟然从眼中往皱巴巴的脸颊上流了下来。"哎，匡胤啊，你有出息啊，我还从未想过自己还能当上皇太后呢。其实，当不当皇太后对你娘来说，并不重要啊。你说，如果你那两天有个三长两短，你叫娘怎么活啊？你叫他们几个怎么办啊？"

"娘，这不是都平安无事吗！您老放宽了心啊！大哥做了皇帝，以后咱家可就扬眉吐气了，没有谁再敢欺负咱们啦！"阿燕在一旁打岔，想让母亲宽心。

太夫人杜氏听了，抬起右手臂，用袖口按了按涌着泪水的眼眶，轻轻拭去脸颊上的泪水，红着一双泪水迷糊的老眼，盯着赵匡胤，说："匡胤啊，我要问你，是谁这么着急上奏请求册封我啊？"

"是陶毅。"

"陶穀,是他?哎,不奇怪啊,不奇怪啊。他一向来就喜欢写些歌功颂德的文章啊。不过,匡胤啊,你现在是一国之君了,你要小心那些阿谀奉承的人。"太夫人语重心长地说。

"谢谢母亲教诲。"

"我建议你还是等设立宗庙之后,再考虑我的册封之事吧。皇后的正式册封,你也要早早安排啊!"太夫人杜氏说着,从桌上拿起筷子,往一声不吭的如月的饭碗中夹了一块肉。如月抬起头,感激地看了一眼自己的婆婆,马上又怯怯地低下了头。

"母亲说得是。母亲放心,孩儿会好好安排的。"

"对了,韩敏信找到了吗?"太夫人杜氏突然问。

"一点消息都没有。自那日起就失踪了。"赵匡胤犹豫了一下,皱着眉头说道。

"作孽啊!韩通也不是个坏人,平日也就骄横了一些。没有想到会遭受灭门之灾啊!"太夫人杜氏幽幽地叹了口气。

"母亲,韩通差点儿带人杀了我们,您还可怜他干吗?!"阿燕噘起嘴,愤愤地说。

"阿燕,你拜佛算是白拜了啊。话怎能这样说呢?站在臣子的角度来说,他也算是个大忠臣啊!况且,他要抓我们,未必是要杀我们,可能只想用我们做人质啊!咱们当时留在府邸的下人们,韩通不是一个也没有滥杀吗!可是那个王彦升,却不分青红皂白,滥杀了人家一家子啊。罪过啊,罪过啊!匡胤啊,你以后是一国之君,对于王彦升这样的人,你一定不可重用啊!否则,天下的老百姓会说你是暴君的。"

赵匡胤听母亲唠唠叨叨地说着,心下感到惭愧。

"要是我抓到那个韩敏信,一定不轻饶了他。糟糕,哥,你也要小心这个人暗中对你不利啊。他们一家子人因你发动兵变而死,他肯定对你恨之入骨,说不定会寻你报仇啊!"阿燕一开始说时是愤愤的表情,可是随后想到韩敏信可能刺杀自己的兄长,不禁打了个寒战。

"大家还是吃饭吧,别说这些了。瞧,孩子们都吓到了。"一直沉默的如月突然说了一句话。

"对,吃饭,吃饭!"太夫人杜氏接口道。

"如果能一直如此宁静地在此生活下去,那该多好啊!"赵匡胤又拿起碗筷,使劲往自己的嘴里扒了一口饭菜,不辨滋味地边吃边想,"我当尽力避免发生变乱与战争,还愿上天助我!"

这日夜晚,赵匡胤平躺在床上,眼睛睁着看着漆黑如墨的虚空,无法入眠。如月侧身睡在他的身边,不知道是否已经进入了梦乡。赵匡胤一开始倾听着妻子发出轻轻的呼吸声,想要尽量入睡,可是渐渐地,他发现自己在黑黢黢的空间中竟然看到若隐若现的图案。那是天花板吗?是的,那就是天花板,那是大梁,那是帷帐。他尝试着想去辨别那黑色中的物体与图案。于是,那漆黑如墨的空间中竟然不断幻化出各种事物,那块黑色像战马、那块黑色像云朵、那块黑色像连绵的大山、那块黑色像狗、那块黑色像顶着巨大树冠的树……渐渐地,赵匡胤发现自己在那黑暗中竟然看到了周世宗的脸、韩通的脸、他记忆中韩敏信小时候的脸、范质的脸、陶穀的脸,还有自己想象中已经死去从未谋面的孩子的脸。赵匡胤看到那张脸小小的,黑珍珠一般的眼睛忽闪忽然望着他,仿佛要与他说什么话。他突然感到眼睛模糊了,那张小脸也模糊了,他想伸手去抚摸那张小脸,可是它仿佛是害怕自己被碰触到一样,很快就隐没在黑暗中了。这时,赵匡胤感觉到泪水已经涌出了眼眶,于是努力收敛了一下心神。可是,他发现心神已经不能由自己控制了,它依然向着黑暗行进,想要在那虚空中搜索它想要的东西。过了许久,有一张女人的脸从隐隐绰绰的黑暗中慢慢呈现出来。"阿琨,是阿琨。"赵匡胤很快认出了那张脸是谁。他的呼吸开始变得粗重起来,他盯着黑暗中那种秀美的脸,那清澈的眼睛,仿佛就在他的面前。他开始努力地思想,想要描绘出那张脸庞更为清晰的细节,可是黑暗像是不断变形的浓雾,一刻不停地变幻着自己的边界。当他刚刚勾勒出那张脸庞的下巴后继续勾勒它的脸颊时,黑暗已经侵袭了下巴的轮廓。于是,他开始尝试去描绘出那副脸庞下的躯体,他努力在黑暗中勾画着阿琨修长脖子的线条,圆润的肩膀的线条,令他迷醉的腰肢的线条和大腿的线条。有那么一刻,他几乎在黑暗中画出了阿琨的脸庞,描绘出了她的美丽的身体的轮廓。可是,所有这些,脸庞、身体，全都被黑暗很快地吞噬着边界撕扯着形状，一切竟然变得狰狞恐怖了。他感到痛苦不堪，他想要在自己的眼前留住那脸庞和躯体，永远地留住，哪怕他要永远沉寂在这如墨的黑暗中。他想让时间停顿，让黑暗变成固定形象的模子稳固住他所珍爱的那些形象。可是，他发现他失败了。黑暗在他的眼前肆意蔓延与变幻，把他所珍爱的形象残酷地撕碎、无情地吞噬。

"我好害怕！"这时，赵匡胤听到了身旁的妻子突然说出了一句话，幽幽地，颤抖着。这句话让赵匡胤大吃一惊。

"怎么了？夫人一直没有睡着吗？"赵匡胤翻了个身，将身子侧过来，朝向自己的妻子。他发现她依然侧着身子背对着他躺在那里，一动不动。

"在定力寺，有那么一刻，我以为再也见不到夫君了。"赵匡胤看不到妻子的脸，但是他在黑暗中仿佛看到她说这话的时候，肩膀的轮廓不停地颤抖。这时，他突然想起了几日前在妹妹阿燕对自己的责备。"是啊，可怜的女人，这一切不是她的过错。是我对不住她啊！"负疚感开始像老鼠爬出墙洞偷食那样，悄悄潜入了赵匡胤的内心，一小口一小口地撕咬着他的心。

"现在没事了。如月，我会保护你的。"赵匡胤将身子靠近妻子，伸出手臂将她搂在怀里。他感到她娇弱的身躯在自己的怀里不停地颤抖着。

"我害怕，害怕韩通的孩子会来找你报仇。"她在他怀里转过身来，瑟缩着将头埋在他的肩窝里。

"我害怕，我的孩子死了。如果你有个三长两短……"她开始抽泣起来。赵匡胤感到她暖暖的泪水流在自己的胸脯上。

"你还年轻，我们还会有更多孩子的。我也不会死，我会保护你。"他伸手轻轻地抚摸着她的脸庞，她微微仰起了自己的脸庞，暖暖的泪水继续滑落在他的肩膀上、脸颊上。这时，在漆黑如墨的黑暗中，她感到他滚烫的嘴唇压在了自己的唇上，眼前的黑暗像含苞欲放的花朵般在刹那间怒放，中间喷薄而出的鲜艳的血红色，她闭上眼睛开始剧烈地颤抖起来……

二

大相国寺这天非常热闹。按照旧例，相国寺每月对市民开放五次，在这五天内，百姓们可在相国寺内摆摊交易。当然，谁要摆摊位，那都得经过寺院住持的批准。毕竟，相国寺再大，也容不下过多的客商。

这天正好是正月二十五，是这个月的最后一次开放。小德昭和琼琼、瑶瑶因为之前没能去成大相国寺，几天来一直嚷嚷着要去大相国寺玩耍。赵匡胤担心局势未稳，最初不同意带孩子们去玩，可是挡不住孩子们的死缠烂打，再加上妹妹阿燕的煽风点火，便同意由阿燕、如月两人一起，带着三个孩子去相国寺看热闹。

阿燕、如月带上了三个孩子，乘檐子前往大相国寺，还未到近前，便远远望见大相国寺门前人头攒动，好不热闹。

三个孩子一见热闹场景，马上兴奋起来。阿燕牵着的琼琼咯咯咯笑个不停。小一点的瑶瑶则在如月身边不停地摆着小手。小德昭也被阿燕牵着手，眼珠子骨碌碌转着，完全被热闹新奇的场面吸引了。

进得大门，便见院子里四个角上一个摆着七八个摊位，尽是些卖飞禽猫犬、珍禽异兽的。如月与阿燕担心这些动物给孩子惹上病，便急匆匆地径直往里走去。可是，三个孩子的眼睛却都停留在那些珍禽异兽上了。

"都说小孩子有灵性，与猫啊、狗啊灵性相通，看来真不假啊。瞧着琼琼、瑶瑶的眼睛，好像在与那小猫小狗说话似的。"阿燕抚摸了一下琼琼的头发，顺溜柔软的黑发上有暖暖的孩子暖暖的体温。琼琼却自顾看着那猫啊、狗啊,呵呵呵傻笑个不停。

"可不是嘛！"如月答道，在这热闹的人群中，往常挂在脸上的忧郁也淡了许多。

进了第二门，阿燕发现里面的人多是妇女孩子。原来这第二门内，摆卖的多是日常生活中常用的物件。这里搭了许多摊位，有的摊位还撑着彩幪来遮挡日光。摊上所卖之物，有洗漱、鞍辔、弓箭、刀剑、时果、腊脯，可谓琳琅满目，种类繁多。靠近佛殿的地方，多是卖蜜饯、纸笔与墨的。在佛殿的廊上，却是一些附近尼姑庵的尼姑来卖织绣、领抹、花朵、珠翠、头面、生色销金花样幞头、帽子、特髻冠子、条线编织的各色带子等物。

如月与阿燕先带孩子在时果、腊脯摊位上看看了，又转到蜜饯摊上，给三个孩子买了几两蜜饯吃。

毕竟女子都爱美，不久，如月和阿燕便带着三个孩子走上佛殿的廊，在那里看起织绣、领抹、花朵、珠翠、头面。因是带着孩子，如月又有身孕，看东西不方便，她们也只能走马观花地看看。

在佛殿廊上流连了一会儿，阿燕正欲拉如月往第三门去，忽听旁边廊前有人称赞："好画！好画！"阿燕心中一动，想起以前的夫君也是喜画之人，便往那边看了一眼。只见在大香炉的东侧，一个微微有些驼背的少年，摆了写字摊子，正在那里卖画。

"嫂子，咱瞧瞧去！"阿燕往那卖画少年方向一指。

如月也是个喜静之人，平日也喜欢书画，便随着阿燕，一起往那书画摊子走去。

那驼背少年正手中握笔，悬着肘，低着头，聚精会神地画着一幅墨竹图。阿燕凑近了看去，只见那驼背少年手中的毛笔倏起倏落，转眼之间，几株墨竹便活脱脱地摇曳于宣纸上了。旁边几个看热闹的人方才还在屏息观看，这时候便大声喝起彩来了。

"见笑！见笑！"那驼背少年微微抬起头，背却依然驼着。

驼背少年约莫二十岁上下，身上穿着一件不甚合身的灰白色长衫，头上用一灰色方巾裹着发髻，脸色惨白，几无血色，眼神中流露出深深的忧郁。这驼背少年不是别人，正是韩通之子韩敏信。自那天从王彦升的屠杀中逃脱之后，他决心留在京城，伺机刺杀赵匡胤报仇，于是隐匿于闹市之中。可是，他逃出来时，身上几无分文。为了糊口，韩敏信沿街乞讨，好不容易凑了几十文钱，便在街头摆摊子卖画。半个月后，从潞州潜回京城的陈骏找到了他。陈骏到潞州时尚不知韩通已惨死，更不知其亲眷被屠杀殆尽。他前去潞州，只是通报了兵变之事，并乞求李筠出兵助韩通勤王。回京城的途中，陈骏才听到韩家的不幸遭遇。因此，陈骏寻见韩敏信后，两人一合计，决定由陈骏每天都去宫城附近溜达，以寻找刺杀赵匡胤的机会，而韩敏信则负责卖字画赚钱来维持两人的生计。因为韩敏信往日很少外出，所以他并不担心有人会认出他。恰值大相国寺开放日允许百姓交易，韩敏信便找到大相国寺住持，为自己在寺内赢得了一个摆摊子的地方，想凭借替人写字画画多挣点钱来糊口。

阿燕与如月是女子，平日里也很少出门，自然并不认识韩敏信。韩敏信当然也不认识阿燕与如月。

阿燕心里喜欢韩敏信的才情，瞥了他一眼，见他一副凄凉悲苦的模样，不禁起了恻隐之心。

"这位兄台，画怎么卖啊？"阿燕歪着脑袋看着画，问韩敏信。

"十文钱一幅。"

"画得很好啊,我看可以卖更好的价钱呢!要不请兄台再画一幅,我买两幅。嫂子,我给你也买一幅啊!"阿燕微笑着对如月说。

如月颔首微笑,算是赞同了。

韩敏信感激地看了阿燕一眼,什么也没有说,立刻在案子上又铺上了一张宣纸,拿起笔饱蘸了墨画了起来。

阿燕凑到韩敏信的身旁,一声不响地看他画墨竹。

韩敏信画着画着,不知不觉闻到一股清幽的香气。韩敏信知道,那清幽的香味,是从身旁买画的好心的女子身上飘过来的。他禁不住扭头看了一眼,只见阿燕正微微歪着脑袋,乌黑的眼珠子一转不转地盯着自己笔下的墨竹,她的脸,在阳光之下白若凝脂,微微泛着红晕,鼻子也仿佛是羊脂白玉雕刻出来的,说不出的玲珑可爱。就在这一瞬间,韩敏信忽然觉得有一缕金色的阳光照进了自己黑色阴郁的人生。他微微愣了一愣,手中的笔一颤,笔锋在纸上稍有停滞,留下了一点墨团。

"糟了,画坏了。这位姐姐,我给你重画一张吧。"韩敏信心中惭愧,有点不知所措。

"没事,没事,你在这里多画几片竹叶就行了。"阿燕知道画画儿赚钱不易,要是重画一张,光是纸张、墨的成本就不少,不忍心让他重画。

如月也是好心人，她说："小兄弟，不打紧，不打紧的。"

韩敏信这些日子来流落街头，短短时间内便尝尽了人情冷暖，看惯了各种脸色，此刻遇到两位亲切善良的女子，一时之间内心感动，几乎流出泪来，好不容易控制了情绪，哽咽道："谢谢两位姐姐了！"

韩敏信说完，又低下头，稳定心神，再次画了起来。

不一会儿，一丛浓密的墨竹画成了。这幅墨竹，与方才那幅相比，尽管其中有一处笔锋停滞的痕迹，但是整幅画银钩铁画，饱含感情，无形中有一种感人的力量。阿燕待韩敏信画完，看着眼前这幅画神韵饱满，不禁又惊又喜。

"这位兄弟，你给这墨竹落个款吧。算是给我留个纪念。"阿燕对韩敏信说这句话的时候想起了自己心爱的夫君，语气充满了温柔。

韩敏信看到了阿燕眼中的温柔，刚才体会到的被金色阳光照射的感觉再一次在内心深处泛起。但是，该怎么留款呢？

韩敏信略略迟疑了一下，提笔在那幅画左上角的飞白处写下了几个字：

天涯沦落人，相逢何须言。

韩敏信小心翼翼地将画折叠起来后，下意识地使劲直了直微微驼着的背，然后双手捧画，恭恭敬敬地捧到阿燕面前，说：

"这位姐姐，在下的姓名不值一提，今日有幸遇见姐姐，已是在下三生有幸了。这幅画就算送给姐姐留个纪念吧。"

"那怎么成，说好买两幅的，来，请收下这二十文钱吧。"阿燕哪肯收受。

韩敏信道："姐姐这样就是瞧不起在下了。"

阿燕佩服这驼背少年的才情，更被他的真诚感动，见这情形，再不接受就是看不起这少年了，当下接过画，说："好吧，既然兄台如此盛情，我就收下你的这幅画了。这是十文钱，算是买那幅画的。等我回去后，与我兄长商量一下，看能不能请兄台去给我这侄子侄女教教书画。你下个月初五应该还来这里吧？到时我过来找你啊。"说着，拉过小德昭，道："快，叫叔叔好！"

小德昭带着佩服的神情盯着韩敏信，叫了声叔叔好。

韩敏信见阿燕收了自己的画，心里别提有多高兴了，听见小德昭问好，便用手轻轻抚摸了一下小德昭的脑袋，说："好乖的孩子啊！"他不知道如何回答阿燕，也不接她的话。

"那咱们就此别过了。"阿燕微笑着向驼背少年告别。

"好，后会有期！"说这话时，韩敏信心里体会到之前从来未曾感受到的一种感觉，这种感觉如此奇妙，让他觉得浑身暖暖的，但是其中又似乎包含着酸楚。

当看着阿燕的背影消失在人群中的时候，韩敏信感觉自己的心一瞬间变得空荡荡的，又想到自己的驼背模样，不觉暗暗自惭形秽，一颗被爱情光芒笼罩的心灵同时也被痛苦的箭刺穿了。

告别驼背少年后，阿燕手里拿着两张画，与嫂子带着三个孩子，又往大相国寺后殿去了。在那里，他们看了好一会儿各色书籍、古玩、各地来的土特产以及中外香料。三个孩子在人声鼎沸的市场看得高兴，流连着不愿离去。阿燕与如月好不容易将三个孩子拽出了大相国寺时，已经快近午时。于是，两人带着孩子们，坐上轿子，由仆从们抬着，离开了大相国寺。过了大相国寺桥，如月令仆从们放下檐子，安排众人在桥头的一家小酒店中随便吃了点东西。午餐后，他们重新出发，沿着太庙街往北，从东华门进了宫城，回到了福宁宫，各自歇息去了。

阿燕回到宫内方觉疲惫，将买回来的画往卧榻边一放，便在卧榻上懒懒睡去，一觉醒来，已然近了黄昏。夕阳从窗棂射入，正好洒在买回来的那张画上。阿燕心中一动，将那张墨竹图在卧榻上打开了来看，正凝神看时，突然听屋门"笃笃"被敲了两下。

阿燕惊了一下，扭头看去，却是自己的兄长——大宋皇帝赵匡胤站在半掩着的门口。

"大哥，哦，陛下，是您来了。神神秘秘的，难道故意要吓妹子不成？"

"你在这里侍立吧。"赵匡胤对身旁的宫廷女官说。那内夫人点点头，微微挪动步子，裙子轻摆，静静站在一边。所谓的内夫人，是唐宋时期宫廷女官，负责侍候在皇帝左右，记录皇帝的起居。

"看什么呢？"赵匡胤说话间推开屋门走了进来。

"瞧，墨竹图，大相国寺买的。怎样？"

"哦？"赵匡胤微微一笑，这才微微俯身，仔细看起那画。

盯了画看了一会儿，赵匡胤脸上的微笑慢慢消失了，神色变得严峻起来。

"这墨竹图的作者可留下姓名？"

"不曾留下啊，小妹倒是想请他留下姓名，还想与大哥商量，可否请他来宫里教小德昭书画呢？可是，没有想到他就留下这两句话。"阿燕悻悻然指着画左上角的落款。

赵匡胤的目光已经盯着那落款好久了。

"天涯沦落人，相逢何须言。天涯沦落人，相逢何须言。"赵匡胤默默念了两遍，两道浓浓的眉毛渐渐紧锁。

"看他一幅落魄书生的样子，也算是肺腑之言吧。"阿燕心中想着驼背少年的形象，幽幽地说。

"他是什么模样？"赵匡胤追问。

阿燕见兄长双眉紧锁、满脸严肃地不断追问，不禁有些惊奇，问道："大哥，你怎么对他这般感兴趣呢？"

赵匡胤扭头看了屋门一眼，干咳了两声，道："我在猜——对了，那人是不是稍稍有些驼背？"

"咦？是啊。奇怪了！大哥怎么知道他的样子？画这墨竹的确实是一个微微有些驼背少年,年龄估计二十上下,一幅弱不禁风的样子,大哥莫非认识他?"阿燕奇道。

"是韩敏信,恐怕你遇到的人就是韩通的儿子韩敏信。"

"啊?韩通的儿子?"阿燕也惊了一下,韩通一家的遭遇阿燕也已经知道,对韩通儿子逃脱的事情,自然是知晓的。

"我想八成就是他。"

"大哥,你怎么就猜是他呢?难道就凭一幅墨竹吗?"

"你看,天涯沦落人,相逢何须言。这前半句句末一个'人',后半句句末一个'言',合起来是什么呢?"赵匡胤指着那画上的落款问阿燕。

"信!韩敏信的'信'。"阿燕不禁脱口而出。

"他的确落了款,并没有骗你。看样子,他对你还颇有好感,但是又不想完全透露身份。"

"可是,大哥,你怎么凭画师稍稍有点驼背和一句落款就肯定是韩敏信呢?"固执的阿燕还是不愿意相信。

"你跟我来。我给你看一样东西。"赵匡胤说罢,转身往门口走去。

"大哥要给小妹看看什么呢?"阿燕说着跟了出去。

赵匡胤走在前头,阿燕紧紧跟着,那名内夫人远远落后几步跟着。不一会儿,他们便来到位于迩英殿侧殿中的御书房。赵匡胤喜欢读书,登基之后的第二日,就让人好好将御书房收拾了一下,把自己原来府邸中的书都搬了过来。所有周世宗曾经批注过的书，都被小翼翼地放在几个专门的架子上，赵匡胤自己原来拥有的书存在在另外几个架子上。由于没有添置新的书架，御书房的书架被塞得满满当当了。赵匡胤又让范质等大臣专门给自己开了个书单，书单上提到的书，就放在书房正中的书案上，摞了一堆，以便随时翻阅。所以，这个御书房虽然依然是昔日的御书房，但是已经带上了新皇帝根据自己的喜好"改造"过的痕迹。

赵匡胤带着阿燕进了书房，走到西墙西北角的一个檀木书画架子旁边。他不慌不忙地在一个架子上翻了半天，终于从一堆画中抽出一轴画。

赵匡胤轻轻吹了吹画轴上的灰尘，把画轴放在书案上，慢慢展开了画。那轴画的纸张有些发黄，有几处由于潮湿的原因起了霉点，一看就知道有了些年头。

随着画轴的展开，阿燕的眼睛慢慢睁大了，那幅画正是一幅墨竹图，仔细看去，与她在大相国寺买的那幅画神韵极其相像，只不过眼前的那幅所画的竹子稍显的清秀稚嫩些。在看那画的落款处，赫然有"敏信试笔"几个字。

"大哥，难道你派人去买了他的画不成？"阿燕奇道。

"不，这是数年前，我去韩通府上拜访时，韩通亲自送给我的。那时韩通与我关系尚好，说起他的孩子韩敏信时，那真是又伤心，又骄傲啊。因孩子生来就稍稍些驼背，韩通总是感到内疚，觉得对不住自己的孩子。不过，敏信那孩子虽然稍微有些驼背,却自小有志气,读书写字画画决不输于同龄人。敏信最喜画竹,韩通每每说起来,也以他为傲。那次,聊得高兴,便取了他孩子的一幅墨竹赠我。后来他居功自傲,独掌兵政,我自然也不能由他胡来,他便渐渐与我起了隔阂。未想到,他竟然有这样的劫数。不过,这也怪我,如若当时我不改变主意,还让楚昭辅去找他,说不定——他就不会被王彦升惨杀。也苦了韩敏信那孩子了!今天,看到你买的那幅墨竹图,我是第一眼看去,就有种似曾相识的感觉,你又说他稍稍有些驼背。那八成就是韩敏信了。"赵匡胤想起往事,虽说得平淡,但内心却是波澜涌动。

赵匡胤停顿了一下,突然两道浓眉一扬,说:"不行,我得派人立刻找到韩敏信。"

"大哥,你不想放过他吗?"阿燕急问道。

"哪里会呢,我已经追封韩通为中书令,又按礼埋葬了韩通与他夫人。说起来,终归是我对不起他们,能找到敏信,也好让他有个着落啊。"赵匡胤低着头,低沉着嗓音说道。

"韩敏信还会接受你吗?大哥,他父母毕竟是因你发动兵变而被杀的啊。"

"是啊!"赵匡胤脸色阴沉下来,叹道,"不过,总得去找到敏信才好啊!"

阿燕沉默了。

随后,赵匡胤派楚昭辅前往大相国寺寻找韩敏信,阿燕放心不下,硬是要与楚昭辅一起去。赵匡胤也没有阻拦,任她一并去了。

可是,当他们快马加鞭,沿着御街这条近路赶到大相国寺时,那卖画的摊子早已经收了。韩敏信也不知所踪。阿燕问了问对过一个卖时果的小贩,小贩只说好像看到有一个汉子找那驼背少年一同离去了。阿燕与楚昭辅又问了几人,都说不太清楚。无奈之下,他们又在大相国寺内寻摸了好一会儿,却哪里找得到韩敏信的踪影,只好悻悻然回宫城去了。

三

阿燕走后,韩敏信过了好一会儿方平复心神,又拿起画笔,为两个索画人画了两幅墨竹,赚了二十文铜钱。

不一会儿,有一个彪形大汉走到韩敏信的摊前。那大汉低头看看韩敏信画的一幅墨竹,点点头,似乎颇为赞赏。韩敏信抬起头看了那大汉一眼,只见他长着一个大大的脑袋,留着松针一般粗粗的胡须,样子看起来有些凶恶。

那大汉见韩敏信悄悄打量自己,咧嘴一笑,道:"画的墨竹不错啊。我家老爷想请这位兄弟去庄上小住,为我家公子讲授书画。不知兄弟意下如何呀?"

韩敏信心想,今日敢情遇上了好事,方才有自己心仪的女子喜欢上自己的画想请自己,如今又有人来邀请,难道自己真是交了好运？

"敢问你老爷的庄园在哪里？"韩敏信问。

"离这里有些里程，在城西的西草场附近。兄弟是答应了吗？"大汉骨碌转了一下眼珠子，回答道。

韩敏信心里寻摸着如果答应了这个汉子的邀请，下月初五就可能无法来大相国寺了，而那时阿燕可能还会来找他。想到有可能失去再见阿燕的机会，韩敏信一时之间有些踟蹰，微微愣了愣，跟着又想到自己的这幅丑陋模样，心中感到自卑，便想不能再见阿燕也罢，反正自己那是痴心妄想。

"像我这样的人，没有资格等待她。我也没有时间等待她的答案。"想着这点，韩敏信几乎落下泪来，于是他仰了一下头，仿佛这样做可以将那快溢出眼眶的泪水倒回去一样。

韩敏信这样想着，幽幽叹了口气，说："也好，承你家老爷错爱了！且待我将这书案和纸笔归还给庙里的和尚。你在此稍等。"说着，动手开始卷起未用完的宣纸，收拾起笔墨。原来，这些笔墨纸张都是从庙里借来的。他自己没有钱去购买这些物件，免费为庙里和尚画了几幅画，好说歹说才借了纸笔与书案。

那彪形大汉见韩敏信不紧不慢地收拾东西，似乎有些着急，卷起袖子帮他忙活起来。不一会儿，韩敏信在大汉的帮助下，将书案与纸笔还给了庙里的和尚，临走时又给和尚留了口信，让和尚转告陈骏自己去了西草场附近的王家庄。

离开了大相国寺,韩敏信跟着大汉,不紧不慢地往沿着西大街往城西走去。

此时,虽然已经近了黄昏,但是西大街靠近御街的地方依然是熙熙攘攘。那大汉走在韩敏信旁边,偶尔搭讪一两句无关紧要之话,脚下却似乎走得有些急。两人往西行了三四里,西大街上的人渐渐稀少。过了一家卖果子的店铺后,大汉带着韩敏信拐入了洪桥子大街往北行去。

夕阳照着黄昏的汴京城,静谧的力量强大起来,慢慢胜过了白日的喧嚣。韩敏信无意中看了一眼走在自己右侧的那名大汉,只见阳光照着在大汉的脸上,在他额角处闪出一层油光。韩敏信心里突然觉得这身旁的大汉肯定是哪里有什么不对劲。可是,究竟哪里不对劲呢?韩敏信的直觉使他内心渐渐忐忑不安起来。

韩敏信低着头,随着大汉又往北走了一段路,心里想着,这个大汉身上一定有什么东西在自己内心引起了不安,而且这东西肯定是自己非常熟悉的,因为太熟悉了,所以自己即便是看到了,却一时间也没有意识到它的特殊含义。

过了一阵子,大汉带着韩敏信走入一条小巷。那个大汉像是疲倦了,放慢了脚步。韩敏信盯着大汉的脚,他突然意识到,是什么引起了他的不安。靴子。是的,就是那双靴子,那是军队里军校常穿的靴子。他怎么会是个军汉?这个想法在韩敏信的脑海里闪电般划过。韩敏信这时意识到自己已陷入了危险之中。可是,已经晚了。

这个时候,那个大汉转过身来,咧嘴一笑,狰狞地说:"你就是韩敏信吧!"

要狡辩已经是不行了。韩敏信现在知道自己早已经被这个大汉盯上了。

"是的。"韩敏信睁大眼睛瞪着那大汉,如同一头狼盯着猎人。他努力让自己看起来显得镇静。

"那就好,我家将军让俺送你上路,你休要怪我。"

"你家将军?王彦升?"

"你小子倒聪明。"大汉的手伸入了怀中,掏出来时,手中多了把匕首。

韩敏信盯着大汉手中的匕首。鲛鱼皮做的刀鞘。刀鞘慢慢地移动,匕首刀锋的寒光渐渐露了出来。怎么办?怎么办?!韩敏信飞快地转着脑子。

哈哈哈!!

韩敏信仰天大笑起来。

"笑什么?"那个大汉被韩敏信莫名其妙的狂笑弄得有些发怵,瞪大眼睛问。

"我是笑你,笑你也离死期不远了。"

"小子你死到临头,还敢妄语!"大汉手持匕首,逼近了一步。

"你可知道王彦升为什么要杀我?"

"俺只知道执行命令。"

"他想杀我是想杀人灭口。如今皇帝已经为我父亲平冤，不仅厚葬我父亲，还给我父亲加了谥号。如今皇帝将王彦升降职，说不定随时因他滥杀我父亲而拿他问罪。王彦升怎么能够心安？所以他杀我是为了斩草除根。他一定害怕我去皇帝面前告御状，也害怕我找他复仇。可是，你想想，你杀了我，王彦升会怎么对付你呢？他既要杀我灭口，又为何不能杀了你灭口呢？即便他不让你死，如果皇帝知道是你杀了我，你以为你还能好好活着？哈哈哈——"

大汉听了，不禁停住了脚步，脸涨得通红，一时间，额头上大汗淋漓。

韩敏信见了大汉的模样，知道自己情急之下牵强附会凑出的理由开始发挥了作用，便微微一笑道："你现在最好的选择就是从此销声匿迹，这样虽说不能风光过日子，但王彦升也不至于追究你，皇帝自然也不会知道你曾为王彦升卖命。如果你放了我，这些钱就当我送于你安家糊口。"说着，韩敏信慢慢将手伸入怀中，掏出了一只鼓囊囊的钱包。这只钱包里，装着他今日卖画挣来的近百文铜钱。

那大汉抬起攥着刀鞘的左手，抹了一把脸上的汗，犹豫了一下，把匕首慢慢插回刀鞘。他盯着韩敏信看了好一阵子，终于一咬牙，一把夺过韩敏信拿在手里的钱袋，转身飞奔而去，丢下韩敏信一个人站立在被夕阳的最后一点余晖照着的巷子里。

韩敏信愣愣地呆立片刻，一阵风吹来，他接连打了几个哆嗦。这时，他才发现，自己背上的衣衫也已经被冷汗浸透。他转了个身，朝来路慢慢走去，一边走，一边以几乎连自己都无法听见的阴森森的声音自言自语道："赵匡胤，别以为你为我父亲加了谥号，我就会放过你。你那骗人的把戏，骗得了天下人，却骗不了我！我一定会报仇的。"

四

　　二月中,虽然已经是春天,但是,潞州上党城内却谈不上春意盎然。上党城内的一条路上,一个微微驼背的少年不紧不慢地走着,如果仔细打量他的脸,你会从他那满面风霜的脸上看到异常浓重的忧郁,这忧郁,在他的脸上笼罩了一层青光,凭空增添了一份森然。他偶尔咬紧牙关的时候,脸孔看起来甚至有些扭曲。此人不是别人,正是韩通的儿子韩敏信。原来,他在京城逃过一劫之后,意识到光靠自己一人之力是无法杀掉赵匡胤的。他与陈骏商量后,决定寻找赵匡胤的对手来帮助自己复仇,他想到的第一个人就是父亲旧日好友昭义节度使李筠。陈骏本坚持由他再次去找李筠,毕竟他已经去通报过京城兵变的消息,但是韩敏信说服了他。因为,韩敏信知道,凭他的才智，要说服李筠出兵，要比由陈骏再去一次机会更大，更何况，现在他的父亲已经被杀，而李筠是他父亲的生前好友。于是，他只身一人悄悄潜出开封，风餐露宿赶往上党城。至于陈骏，则继续留在京城俟机刺杀赵匡胤。

此时的韩敏信刚刚从李筠府邸出来，他已经将近日京城发生的事情细细告诉了李筠。在父亲旧日友人的心底，韩敏信用他那具有强大说服力的言辞，深深埋下了仇恨的种子，点燃了战争的导火线。当韩敏信发现战争的导火线开始在李筠内心慢慢燃烧的时候，他才起身告辞，重新踏上了回京城的道路。他很清楚自己为什么来上党，但是至于为什么又匆匆赶回京城，他现在自己也不清楚。他告诉自己的理由是鼓动李筠的目的已经达到了，所以自己应该尽快赶回京城，寻机刺杀赵匡胤。可是，他又隐隐感到，促他回京城的力量，好像不仅仅是刺杀赵匡胤，而是他心中的想念——对一个美丽女子的想念。他知道，他也许此生再也不会遇到那个女子了，可是，谁又能说，不会存在另一种可能呢？"她也许还回去逛大相国寺的。说不定，我还能再见到她。可是，她还会记得我吗？如果真的再次见到她，我又能怎样呢？我现在家仇未报，怎能生出这些儿女情长的心思呢？即便是报了家仇，我这个驼背的人，怎能赢得她的芳心呢？"韩敏信带着这种复杂的感情，重新踏上了来时的路。

自韩敏信告别之后，昭义节度使李筠感到自己处在一种巨大的无形压力之下。这日午时，昭义节度使李筠心事重重闷坐在自己的府邸中，呆呆望着窗外。东南面灰黄色的大山，仿佛一个巨大的屏障。

"大人，你近来闷闷不乐，都为个啥呀？瞧，这天气不错，不如去五龙山散散心。"爱妾刘氏轻轻倚靠过去，细声说。她刚刚怀孕有两个月，满心欢喜，见李筠心情不好，便提出了建议，想让他换个心境。

"哼！现在哪有什么心情啊！"李筠重重拍了一下书案，"赵匡胤那贼子下手好快啊！周帝竟还真向这贼子禅位了。真是没有骨气。几天前，韩通的儿子韩敏信来找我，说赵匡胤派亲信暗中刺杀他，一定要杀他灭口而后快。他还说，赵匡胤已经开始调兵遣将，似乎是要对各地节度使用兵了。"想要刺杀韩敏信的人是王彦升，可是，韩敏信为了刺激李筠反对赵匡胤，故意将刺杀的主谋说成是赵匡胤。李筠长期以来就忌惮赵匡胤，因此对韩敏信的说法深信不疑。

两个月前，当韩通在兵变之日派出通报消息的陈骏赶到上党的时候，李筠还抱着一线希望。他揣摩着韩通可以拿住人质，扭转局面。可是，没有想到，三天后，韩通全家被灭门的消息与周帝禅位于赵匡胤的消息竟然一起传了过来。随后，赵匡胤登基为天子后发出的诏书，跟着送到了他手中。当时，他本想立刻起兵，却被儿子守节与左右幕僚死死相劝，方才勉强认同了周帝的禅位。可是，这两个月来，形势的发展已经使他越来越按捺不住了。他感到了来自朝廷的压力,或者说,他感到了来自赵匡胤的压力。如今,李筠对于自己在潞州的位置感到担忧了。更何况,李筠与赵匡胤之间的关系,还远非如此简单。李筠现在的小妾刘氏,小名叫阿琨,原是赵匡胤年少时的恋人。李筠从内心深处,对赵匡胤怀着一种敌意。

在骂了赵匡胤几句之后,李筠意味深长地看了阿琨一眼。

"阿琨,我知道你与他青梅竹马……"

阿琨听李筠说了这句话,神色一瞬间变得抑郁了。在她的脑海里,浮现出自己与年轻的赵匡胤哥哥一起在野外嬉戏的图景。那天傍晚,赵匡胤扶着她上了马背,而后跟着上了马,跨骑在她的身后,两手环过她的腰身控住马缰。两人骑着马,在风景如画的山坡上飞奔了许久。他们骑马上到一个山头。两人立马山头,往山下看去的时候。他们没有看到自己熟悉的那幅美丽静谧的风景,而是看见浓烟正从他们生活多年的村庄中滚滚升起。那里,本有他们童年最美好的记忆,如今,所有一切正在大火中挣扎。滚滚的黑烟,红色的火焰,断壁,残垣,从火堆里跑出来的身上着了火的凄惨号叫着的人,被砍死或戳死的人的尸体,所有这一切,构成了一幅可怕的图像。自那一刻起,那可怕的炼狱般的图像,永远刻在了阿琨的心底。当她再次看着赵匡胤的眼神的时候,她知道,那些图像如同影响了自己一样,也已经影响到了赵匡胤。从那时起,她发现赵匡胤变了,变得沉郁了。她在他的眼睛里也看到了某种可怕而陌生的东西。

"人生总有些事情,是你不想遇到却偏偏要出现。从那一刻起,一切都已改变了。大人难道还不相信我之心吗?"阿琨从回忆中扯出思绪,硬生生地说。

李筠叹了口气,说:"阿琨,我不是那个意思。"

"算了,大人也别提以前了。谁当皇帝与咱们又有何干。大人,您的家乡在太原,坐镇潞洲,也已经有八年了。这方圆三五百里之内,那就是大人您的天下啊。我看,他也不能拿您怎样。"阿琨使劲让自己的神色恢复常态,含笑说道。她的声音温婉动听,但是却有一种坚定的力量。

"真是妇人之见!阿琨,你可知那厮对我素有敌意,"李筠说,"那厮三番两次在先帝面前进谗言损我。这下可好,他做了皇帝,能放过我吗?你可知,连韩通将军也被灭了门啊。而且,听韩通的儿子韩敏信说,赵匡胤已经开始部署兵力要对付各地节度使了。另外,昨日,这个新皇帝已经下诏调我到青州出任节度使,并且还让我到京城去领受旌节。他这招可是够阴损的。没什么事情为什么要调任?明摆着就是让我离开经营多年的潞州啊。我看,他这是要夺走我对潞州军的控制权,他是决定对我下手了。他以为自己当了皇帝,就可以颐指气使了。那他也太幼稚了。当今的天下,是以实力的说话的天下。你说是与不是?"

阿琨凛然道:"大人,若如此,您就更应该韬光养晦了。"

"我受朝廷重恩，受先帝眷顾，岂能忍下这口气！"说这话的时候，李筠用力拍了拍自己的胸脯，似乎想要证明自己对周世宗的忠心。可是，他自己心里隐隐感到，自己内心也许还有另外的东西在鼓动他奋起一战，是恐惧？是嫉妒？是野心？他如今还说不清楚，但是，他已经感到那种东西在他的心底开始慢慢膨胀起来，令他有些兴奋，也令他感到有些窒息。

"妾身知道大人乃重情之人，可是生于这个乱世，情义早已被人看轻了。之前，新皇帝既然已经将禅位之事向大人知会，而且大人已经认同，如今若起兵，那就是大人造反。当时起兵，也许会有人响应。如今，恐怕为时已晚了。大人现在何不顺水推舟，以待来日呢？"阿琨说完这句话，稍稍愣了一下，她意识到自己在刚才的对话中一直在刻意回避赵匡胤的名字。"这是为什么？我究竟是在维护夫君，还是在维护他呢？"她想到这点，眼神从李筠脸上移开了，有些茫然地盯着书案的一角。

"大胆！什么'造反'，那赵匡胤才是逆臣贼子！你一个妇人，休得胡言！"李筠听到阿琨说出"造反"两个字，顿时感到非常恼怒。在他心里，他一直努力使自己做个忠臣。实际上，他也一直都对周世宗忠心耿耿。可是，自从赵匡胤登基成了皇帝后，他就不是滋味了。赵匡胤的行动，简直是对他的羞辱。作为忠臣，他竟然没有做出任何维护周王朝的反应，竟然默认了所谓的"禅让"。他有些后悔，所以当韩敏信来找他的时候，他一方面感到羞愧，一方面似乎也为自己找到了再次证明自己是忠臣的机会。当新皇帝的调任诏书下来的时候，他更加觉得自己该行动了。可是，当阿琨说他反对赵匡胤是"造反"时，他的精神再次被一种混乱的情绪所困扰。他勃然大怒，就像要用这种怒气冲掉已经加在他头顶上的耻辱。

"妾身失言了。只是，战乱一起，谁又想得到会发生什么。大人不为妾身着想，也该想想这肚里的孩子啊！"阿琨的手下意识地护住了小腹，睁大了眼睛愣愣瞪着李筠，像是一只受到惊吓的可怜的绵羊。李筠看到她那双明亮的大大的黑色眼眸一下子被泪水充盈了。

"好了，好了，你不用担心。"李筠的口气一下子软了下来，正想说些安慰的话，忽然外边的侍卫高声报告道："大人，闾邱大人说有机要之事求见！"

"知道了。让他等一下。阿琨，我去一下。你休要为我担心，我李筠可不惧那厮！"说罢，李筠起身出了门。阿琨低下头，手抚了一下肚子，望着李筠的背影，轻轻叹了一口气。

五

　　李筠拉着从事闾邱仲卿的手，屏去侍卫，走到院子的一角。
　　"有什么新消息？"
　　"大人，那人果然开始行动了。"闾邱仲卿为人谨慎，并没有直接说出赵匡胤的名字。
　　"休要卖关子，赶快说！"
　　"是！大人。我照您的意思去查了，杀害韩通将军的王彦升果然未被杀。据说，那人本想斩了王彦升，不知为何又改变了主意……"
　　"看来，那厮果然是纵容部下杀害韩通。真是个伪君子。"
　　"……不过，韩通将军倒是被追赠了中书令，得以厚葬。葬礼据说搞得非常体面，是按照中书令的规格办的。"

"猫哭老鼠假慈悲，真会收买人心。韩通的儿子已经将一切都告诉我了。"

"韩敏信？"

"正是，几日前他悄悄找到我，告诉我赵匡胤派人暗中刺杀他。他请求我起兵反宋，为他父亲报仇雪恨。我正想找你商议呢。"

"民间有传言也这样说。听说那人有一天去开宝寺，碰巧开宝寺僧人因受过韩通的恩惠，竟然在墙壁上画有韩通与韩通儿子韩敏信的像。那人看到画像，不动声色地令僧人们给刮了去。"

"哼哼，那是贼子心虚。看样子韩敏信那孩子今后必定凶多吉少啊。"

"还有更要紧的事呢。"

"快说！"

"最近一两个月内，汴京城内在大力开挖和疏通漕运河道。正月初七的时候，还下了诏书，那些疏挖淤泥的民工的口粮，都改由官府发给。原先，被征的民工可是自备干粮的啊。"

"哦？那可需要不少钱财啊。"

"还有，最近，朝廷正抬高价格四处收购粮食，不知是出于何意。"

"大军将动，粮草先行。难道，那厮现在在储粮备战，将有大的行动？不过，现在可不是丰收的季节，大军在这个季节行动，那得靠去年的储粮，难道他急不可耐想要灭了四处的诸侯吗？"李筠心头一震，下意识地看了一下左右，"可探出朝廷收购了多少粮食？"

"这个还真不知道。"

"令人再探！对了，朝廷对南唐和吴越国有何动静？"

"大人，朝廷已经向南唐国主李璟下了诏书，通知了禅位之事。二月初八，还给吴越国王钱俶加封了。韩通葬礼也是那天。"

"是吗？钱俶原来是天下兵马都元帅，这次是何头衔？"

"加封为天下兵马大元帅了。"

"仲卿，你如何看待这事？"

"以在下之见，那人这些举措，意在先安抚人心，同时，以高官厚禄稳住东南。"

"有无直接针对泽州、潞州的行动呢？"

"这个……在下现在还很难看清楚。不过……"

"休要吞吞吐吐，说来就是。"

"是！大人。在下还打听到，除了王彦升，发起兵变的宿卫诸将都被大大提升了官爵。"

"仔细说来。"

"石守信自义成节度使、殿前都指挥使被改为归德节度使、侍卫马步军副都指挥使……"

"哦！石守信做了归德节度使，其所领之州可是要害之地啊！"

"高怀德自宁江节度使、马步军都指挥使改为义成节度使、殿前副都点检。张令铎、王审琦、张光翰等人也被授予重要军职。"

"如此一来，石守信、高怀德等人要不了多久，就要骑到本将军头上来了。"李筠慢慢地涨红了脸庞，紧锁起眉头，愤愤道，"仲卿，如果那谋逆贼子真要向潞州动手，你看应如何应对。"

闾邱仲卿迟疑片刻，道："大人，目前契丹、北汉之军刚刚退去，慕容延钊大军长途奔袭，虽然未与契丹、北汉进行决战，但是尚不可能立即做出大的行动。石守信、高怀德所部的动静我们当重点留意。石守信、高怀德想要进攻潞州，若没有慕容大军的协助，恐怕也没有那么容易。但是，潞州方圆仅有三百里，户口也只有两万多户，财力军力都有限啊！长久之计，唯有以契丹、北汉牵制当今朝廷，方可于夹缝中保我潞州安宁。"

"可是，契丹、北汉已然退兵。吾又奈何？"

闾邱仲卿诡异地一笑，道："大人，我们只要略施小计策，就可让当今朝廷无暇顾及潞州。"

"哦？说来听听。"

"契丹与北汉上次未能得到好处，必然与心不甘。棣州饲养着大量良马，近来守备空虚，这个消息若是被契丹得知，他们必然会采取行动。当今朝廷必然受其牵制，无暇顾及我潞州。"

"……"

"这还不够,我们还须与北汉暗中建立攻防同盟。同时,大人可与淮南节度使李重进联络,也暗中结成同盟,约定任何一方受到谋逆贼子的攻击,另一方即发兵救援。潞州与淮南,一个位于京城西北,一个雄踞京城东南,只要联合行动,再加上有契丹在北面的骚扰,赵贼必不敢轻举妄动。"阎邱仲卿越说越激动,渐露慨然之色,已经开始将新皇帝赵匡胤称为了"赵贼"。

"好!这样一来,自然可使我潞州立于不败之地。"李筠大喜,眼睛中闪出的光芒,如同火焰一样热烈。

阎邱仲卿看到李筠兴奋的目光,仿佛也被它感染了,感觉到自己的全身一下子充满了力量。这种力量让他进一步感到斗志昂扬,就如同站在黄河边听着咆哮的水声,激发着他的斗志。他需要一个坚定的统帅,而李筠这是这样一个人。他对自己的将军很满意。"将军对我言听计从,我定当誓死报效于他。"阎邱仲卿怀抱着这样的想法,离开了李筠的府邸。他既得李筠同意,便依计而行,派人前往淮南联络淮南节度使李重进,同时,亦派出说客潜入契丹,暗里鼓动契丹入侵棣州盗抢军马。

六

自新皇帝登基以来，大事不断，范质、王溥、魏仁浦等重臣可真是比从前忙多了。不久之前，京城内奸民趁皇帝大赦天下之机，大肆闯入百姓家偷盗甚至抢掠。新皇帝赵匡胤闻知大怒，亲自令人逮捕奸民数十人，又挑出数个情节严重者，游街后当众处斩。

处斩奸民之前，有大臣上言："陛下刚刚大赦天下，没有几日便用极刑，恐民间有所非议，还望陛下三思。"

"大赦，乃针对既往之事，如今奸民抢掠作乱，却是新犯。趁大赦之机犯法，明摆着就是目无王法。对犯法者纵容，就是对天下百姓的伤害。执法不严，天下之人就无畏罪之心。宽容为恶者为奸者，就是打击为善忠厚者，长此以往，天下就不知何为对、何为错。故，这些人不得不杀！"

当赵匡胤说这些话的时候，宰相范质心中一阵激动，象老树皮一样的两颊抽动了几下，蒙上岁月风尘的灰黄色的眼珠子几乎流出热泪。"当今主上果然是个明君啊！"这种心情，使他对周世宗的歉疚之心稍稍得到了安慰。不仅如此，他还感到，自己治理国家的心志，依托于这个新皇帝，也许可以得到更好的实现。

范质想起了一件往事。那一年，周祖自邺起兵，京师大乱，范质隐居民间。他清楚地记得有那么一天，天气酷热，当时他正坐在封丘巷的一家小茶肆中饮茶纳凉。其间，他一边摇着手中的扇子，一边与旁边茶客谈论古今大事，对当时酷吏横行大肆批评了一番。忽然，来了一个相貌极其丑陋的老者，那人径直走到他的面前，作揖说道："相公不必忧虑。"这话说得不明不白，当时他问那相貌丑陋的老者此话何意，那人却只是摇头不语。那人随后讨要他手中的扇子，并请他为扇子题几个字。他素来以字自负，当下也未推诿，向茶肆老板借了笔墨，略一深思，在扇面上写了一句诗，诗曰："大暑去酷吏，清风来故人！"那人见了诗句，哈哈大笑，拿了扇子，飘然而去。离去之时，那人回头说："这世间的酷吏冤狱，何止如酷暑啊！相公他日当深究其弊，造福天下啊！"变乱之后，周祖在天下寻访人才，他有幸得到大用。奇怪的是，他从来没有忘记那个相貌丑陋的老者，那老者对他说过的话，也常常萦绕在他的耳边。

如今，很多年过去了。范质为了实现自己的理想，付出了不少努力。他曾遭朝中大臣的嘲笑，也曾遭那些贪腐官员的排斥，可是他没有退缩，忍辱负重，战战兢兢中勉力去兑现自己造福天下的诺言。范质不会忘记，为防止官吏徇私舞弊，周世宗令他编修了《刑统》，并亲自令人审定。可惜的是，周世宗忙于征伐天下，治理天下之事，却少有顾及。如今，范质觉察到，这个新皇帝的志向，似乎并非仅仅是开疆拓土，而是想要开创一个天下大治的局面。觉察到这一点，范质不能不感动。

正月二十八日，赵匡胤在垂拱殿举行常朝会。兵部尚书张昭等人上书，请求为皇帝的祖先高、曾等四代尊谥号并建立庙室。

赵匡胤本来是个孝顺的人，又想到给祖先建立庙室，对于巩固政权大有益处，正准备答应下制书，稍稍犹豫了一下，又道："宫城北十四里的方丘平时夏至用来祭祀皇地祇，方丘往南一点，世宗在世的时候——已经开始动工筑造孟冬祭神州地祇的祭坛，就用这两处轮流敬奉四位先祖吧。"

陶榖眼珠一转，趋着下步，像老母鸡一样往前走了几步，进言道："那祭祀皇地祇的方丘有四角二层，面宽四丈九尺，东西才长四丈六尺，上层高四尺五寸，下层高五尺，五丈三尺见方，台阶宽三尺五寸。神州祭坛规模更小，才三丈一尺见方。

这两处祭坛的规模都太简陋，臣斗胆请求依照唐朝的制度增建其规模。这样才能配上陛下祖先的尊荣啊！"

赵匡胤嘴角抽动了一下，心里想，这个陶穀，倒是个会拍马屁之人，只是这一双精灵鬼眼，叫人讨厌，当下微微一笑，道："陶爱卿想得颇为周全，不过，我大宋刚刚立国，国力尚弱，这扩建祭坛的事情，暂且还是搁一搁。诸位爱卿暂时也休要再提了。"

陶穀讨了个没趣，当即灰头土脸地退回班列。

这日，赵匡胤在广德殿设宴款待近臣。这广德殿在紫宸殿的后面。它的西面，是便坐殿延和殿。延和殿虽是便坐殿，但也是皇帝视朝之地。广德殿是旬假等假日的视朝之地。这日，赵匡胤专门挑这个殿来宴近臣，乃是想要营造一种相对轻松随意的环境，以便让他们能够更加随意地表达意见。

"魏大人，使者从潞州回来，说起李筠将军对朕登基的态度，似乎非常勉强啊。对此，您有何看法呢？"酒过三巡，赵匡胤忽然向魏仁浦问道。

魏仁浦微一沉吟，道："李将军的反应，在情理之中。他素来忌惮陛下，心中自然不安。陛下以宽仁之心待他，潞州自然会风平浪静。"

"不过，最近朕得到消息，听说李将军正在以重金四处网罗亡命之徒，还加征百姓税收，弄得百姓怨声载道啊。"

"陛下，李将军网络死士，乃是对自己的安危感到担心。加征百姓税收，自然有可能是为了加强军备。不过，以老臣之见，对于潞州，陛下心中有数即可，如果采取过多行动，反而会可能刺激李筠。"

"哦？魏大人是要朕静观其变。"

"不错，潞州户口不过两万余户，男丁不足十万。即便有变，其也无后备之军与朝廷抗衡。不过……令人担忧的，乃是契丹与北汉。如若潞州私通契丹、北汉，事情可能会比较麻烦。"

赵匡胤问起了王溥。

"王大人，你的意见呢？"

"天下大乱以久，陛下当以仁治天下。故，老臣以为，李筠乃周之宿将，陛下应该善待之。"

赵匡胤不置可否，又将目光转向了赵普。

"唔……掌书记，最近契丹与北汉有何动静？"

如今，赵普已经被任命为右谏议大夫、枢密直学士。不过，赵匡胤叫他"掌书记"叫惯了，有时还是改不过口。

赵普道："在慕容将军与韩令坤将军的大军面前，契丹与北汉主力已退去。不过，契丹最近以一万步骑入侵了棣州。"

赵匡胤道："契丹此举有些蹊跷啊。"

"据战报说，当时契丹主力往北退去后，其一部突然斜出，自莫州与定州之间，长途奔袭，直取棣州……"

赵匡胤抬起大手，虚空里一摆，说："且慢，魏大人，你可记得自莫州至棣州大约有多少里？"

魏仁浦接口回答："约莫四百多里。"

赵匡胤问："光义，如果是你带兵，你会从莫州突袭棣州吗？"

"臣不会。"

赵匡义为避皇帝名讳，已经改名"光义"。如今，他已经是殿前都虞侯、领睦州防御使。

"为何不会？"

"长途偷袭，实为不智。除非……"

"除非什么？"

"除非有明确的战略意图。"

"看来，这恐怕与泽州潞州的李筠有些关系。魏大人，速令棣州刺史何继筠尽快全力打击入侵之契丹军，但切勿恋战。另外，速让慕容延钊将军驰援棣州，一定要将契丹人打回去！对了，朕决定请李筠携其子到京城叙旧。陶毂，你赶紧拟份诏书。"

七

这一日,棣州北面的中国北方的原野上,万马奔腾,铁甲映日,契丹大军如乌云般在大地上笼罩。宽广的原野肆无忌惮地向四方延展,仿佛它从来就没有边际。

契丹将军骑在马上,一副不可一世的样子。他伸出右手放在额前,用手掌遮住耀眼的阳光。

"离棣州还有多远?"

副将接口道:"大约还有一百余里。"

"好,大军加快速前进!"

在将军的催促下,契丹大军万马齐喑,加速奔驰,在嗒嗒的马蹄声中,灰黄色的尘土咆哮着向空中升腾。

棣州城头,棣州刺史何继筠与长子何承睿、次子何承矩已经接到新皇帝赵匡胤发出的务必想办法击退契丹的指令,他们也知道慕容延钊大军随后会来救援。但是,契丹大军已经迫近,慕容延钊大军是远水救不了近火啊。新皇帝赵匡胤更是远在京城,鞭长莫及。

棣州城头,老刺史何继筠双手按在被春日太阳晒得温热的垛口上,眯着着眼睛盯着远方灰黄色的地平线。此时还是早春,气温并不高,甚至可以说还有些寒冷。老将军背负着沉重的铁甲站在城头,心里被即将来临的命运压迫着,不禁有一种体力不支的感觉。不过他强作镇定,不让旁边两个儿子看出来。

"此次契丹大举来袭,我们只有两千守军,为父以抱必死之心,你们兄弟二人当尽力率一部突围,投奔慕容延钊将军处。"老将的声音里混杂着悲壮与沮丧的气息。

长子何承睿正盯着老父古铜色的额头发愣,听了老父的话,说:"不如现在即刻放弃棣州,马上投奔慕容延钊。" 他膀大腰圆,两道浓眉粗暴地横在眼睛上面,说话时,眉毛往上一扬一扬,仿佛对一切都无所谓。

"不妥。陛下令慕容将军暂时驻扎真定以西,似乎意在防御西部或西北之隐患。现在,契丹人冒险南下袭击我棣州,要不是脑子进水了,要不就是别有所图。我们死守棣州,契丹人就不敢在这里待久,因为慕容将军有可能率部东进截断契丹人的后路。如果我们轻易放弃棣州投奔慕容将军,那么反而让契丹人无了后顾之忧。派出的探子报告说,潞州的李筠大人正在招兵买马。李筠与契丹人素有勾结,如果这次是李筠暗中怂恿契丹人偷袭我们,那么事情就复杂了。"弟弟何承矩接口说道。他与大哥长得非常像,仿佛是一个模子里刻出来的,只不过身材略为瘦小,显得秀气一些。

何老将军听小儿子这么一说,心里一动,扭过头用狼一般的眼睛看了过来,道:"你的意思是?"

"父亲,你想一想,如果慕容将军率部东击偷袭我们的契丹人,谁会得利?"

"那样慕容就顾不上李筠了。"何承睿插口道。

"如果我们放弃棣州,李筠很可能趁机起兵,那样子情势就会变得更加危急。此次契丹来袭,也有些蹊跷。"何承矩微微笑了笑。

何老将军一惊,道:"哦?你的意思是李筠起了反心?"

何承矩往城头外看了一眼,眯了眯那双在阳光下蒙上淡淡金色的眼睛,说:"父亲,五代是个乱世,我大宋开国,恐怕免不了几场恶战。"

何承睿顿时焦急起来:"难道我们只能坐以待毙吗?"

何承矩冷静地看了兄长一眼,说:"未必。我棣州产蚕丝、产绢,但依我之见,契丹人之所以愿意冒险长途奔袭,绝非为此而来。棣州非军事重镇,契丹亦非为占地而来。契丹所图,必为我棣州所养之大批军马。我棣州养马之地在滴河县,如果真如我所料,我们未必就没有机会!"

何承矩和何承睿闻言,将信将疑,面面相觑。

偷袭棣州的契丹大军在沧州西边南下,没有费多大力气便渡过了刚刚解冻不久的黄河下游的北支流,然后,迅速南下渡过了窄窄的无棣河,渐渐逼近了棣州北部的滴河县。

在滴河县北二十里处的马颊枯河边,契丹大军见河水颇浅,便万骑不停,立刻开始渡河。马颊枯河也是黄河的一条支流,从黄河濮阳段与主流分了流,往东北方向流向大海。整个寒冷的冬日里,马颊枯河的河水不大,有几处几乎断流。早春的暖气刚刚化开了冻结了数月的河面。在商河县北部,马颊枯河冒着早春的寒气,不紧不慢地往东北方向流去。

契丹大军过了寒冷的马颊枯河,未行出五里地,又见一条大河。这是滴河县北十五里处的滴河,是黄河的又一条支流。滴河水比马颊枯河稍宽,灰黄色的水流看不出深浅。不熟悉水性的契丹人不禁踟蹰在江边。

有几个军士下马被他们的长官命令入水,脱了厚厚的羊皮袄,光了膀子,抖抖索索下了冰冷的河水,向河水中央游去。不一会儿,那几个可怜的家伙好不容易回到岸上,颤抖着冻成紫红色的身体,向他们的长官报告说河水中央不太深,骑马泷水可渡。

契丹将军得了报,甚是高兴,令大军火速过江,勿作停顿。

传令官得令，纵马横驰在大军之前，传达命令："将军有令，大军火速过江。"

一时之间，契丹大军纷纷往滴河中涉水而过。

契丹大军渡过滴河，向前进军，迎面来了一彪人马，大约两百来骑兵。当先一员大将，骑着一匹枣红马，在马背上微微驼着背，躯干异常高大粗壮，两条粗眉毛大咧咧地横在眼睛上方。此将正是何承睿。

何承睿见到像乌鸦一样黑压压一片的契丹兵，心里紧张起来，握着铁枪的手心开始冒出了汗。他用右手握紧了抢，生怕滑落了，左手则狠狠勒了一下马缰绳。于是，枣红马便站立住了，呼哧呼哧喷着气。枣红马的主人稳了稳心神，将铁枪枪尖慢慢指向了敌人方向。"见鬼，那就来吧！"他心里骂了一句，开始扯开嗓子对自己人大声呼喊："诸位将士！你们都是勇士中的勇士，今日第一战，以少敌众，断无胜算，诸位务必听我号令，同进同退。杀阵之中，各自保重，如能活命，我愿与诸君再赴沙场。"

何承睿身后的诸将士闻言，纷纷以长枪敲盾牌，砰砰之声震撼人心，催人泪下。

"冲啊！"何承睿大叫一声，两脚的马镫子使劲夹了一下枣红马油光发亮的肚皮，长枪一招，率先冲向敌阵。他身后的诸将士于是狂叫着纵马跟随。这群勇士不知道等待他们的是死亡还是幸运的生存，这一刻，有的心里在咒骂敌人，有的心里在咒骂老天，有的什么也没有想脑中空白一片。不管怎样，他们这一刻都发了疯一般骑着马向契丹人冲去了。

　　契丹将军，立马在阵前，铁灰色的面孔露出了冷酷的微笑。他将手中鞭子一招，划出优雅弧线。于是，契丹骑兵的第一阵营便如潮水般涌出，同样像疯子一般冲向杀过来的宋军。

　　宋军人数太少，很快如小溪被大海的浪潮淹没。

　　交战的阵线，顿时杀成一片。血光飞溅，恐怖的厮杀声此起彼伏。

　　何承睿左突右冲，见局面渐渐难以支撑。他不断用眼光扫视四周，"再撑一会儿，我们的机会就大了。"他心里想着，稍一走神，回过神时只见一匹黑色大马背负着一个契丹骑兵迎面撞来，马背上弯刀反射着太阳光闪耀了一下。他已经来不及回马跑了，紧急时刻用拿枪的右手把缰绳使劲往右一带，同一瞬间用左手从腰间抽出了腰刀顺势往上一掠。

　　冲向何承睿的那个骑兵在这一瞬间发现，自己右手的弯刀必须改变方向才能砍到跑到自己左边去的敌人了。可是，当他想到这一点时已经来不及了。他的眼中闪烁了一下惊讶的光，同时感到腰间一冷，对手的腰刀已经掠了过去，带走了他生命的精灵。这个契丹骑兵身子往马背一趴，紫红色的血顺着马背，扑哧扑哧往黄土地上洒去。

　　何承睿这时发现自己握着腰刀的手紧张得有些僵硬了。他知道现在该是撤退的时候了。"撤退！撤退！"他大声喊起来。

随后，他纵马带领残余人马往斜刺里奔驰而去。不过，这条路不是他们来时的路。

契丹大军遇到宋兵的一阵激烈抵抗，正渐渐占据上风，哪肯就此放过到手的肥羊，于是便紧跟着何承睿的骑兵，纵马追杀过去。

何承睿带骑兵奔往的地方，是棣州的养马场。他们的确是不敌契丹骑兵才撤退，但是，这是早就计划好的撤退。他们知道契丹人爱马。是的，契丹人爱马。"好吧，来吧。"当何承睿扭头看到契丹人追来时，他心里暗暗笑了。

马场守军中有个老兵，远远看见契丹大军奔近，扯开嗓子大呼："契丹贼来了，来了！臭小子们，快开围栏！"

"老头子，小心脑袋瓜被契丹贼砍掉啊！"那老兵旁边一个年轻的红脸士兵嘻嘻哈哈地向其他数十个士兵挥了挥手。

几个士兵看着何承睿带领的退兵往马场围子两边跑了开去，这才急急忙打开了木头围栏，呼喝着哄马儿们出去。这马场围子里的马本来分散在几处大马厩子里，何承矩专门派人将所有马同时赶到了大马场里。他心中的计谋能否实现，就全在这些马身上了。

当马倌们将围栏打开后，围栏中的近千匹战马一时之间纷纷夺门而出，嗒嗒嗒嗒迎着契丹大军就狂奔去了。

契丹骑兵的前锋部队此时正拼命追击何承睿率领的宋军，见群马突然奔了过来，着实吃了一惊。前面的骑兵队稍稍有些混乱了。

　　契丹将军在中军看见宋军放出的马群，微微一愣，旋即哈哈大笑："原来是这个计谋，想用马阵冲击我军，可是他们忘了我们契丹人都是天生的骑士啊。哈哈哈——，宋军给我们送马喽！孩儿们，各自抢马喽！谁抢着就是谁的！"

　　契丹将军的将令一下子在契丹人中传开了。契丹军顿时一片欢呼，狂呼乱叫去夺马。没过多久，近千匹宋军军马便被契丹人收服了。

　　契丹军抢得大批战马，鸣金收兵，开始撤退。

　　这时，远处的山冈上，何承睿在马背上望着契丹人撤去，神色变得冷峻，两道粗眉毛在眼睛上方一动不动，眼珠子死死盯着契丹人的队伍，整个人看上去犹如雕像一般。

　　在春日灰绿色的原野上，契丹大军带着夺来的近千匹马，排成了长长的凌乱不堪的队伍，慢慢向来路退去。许多骑兵由于抢到了马匹，变得兴高采烈。

　　契丹将军已经决定不再进攻棣州城。他想，既然连最想要的战马都已经全部抢到了，况且确实也担心后路被西边的慕容延钊率部截断，还有什么必要再去攻城呢？于是，撤退的命令很快下达到各部。

　　契丹人带上了所有抢来的战马，拖拖拉拉地向滴河退去。因害怕自己抢来的战马被别人抢了，契丹骑兵先锋队的许多勇士放慢速度牵着抢来的马，慢慢地渡河，行动比渡河时迟缓多了。正当他们兴高采烈说说笑笑渡河时,他们的噩运悄悄降临了。随着一阵震天动地的喊声响起,东西两边两支宋军飞速杀了过来,领军者正是何继筠、何承矩。宋军弓箭手轮番将羽箭如雨般射向渡河中的契丹军。契丹军因夺来的马匹拖累,顿时乱作一团。滴河之内,四处是中箭惨叫者,也有些契丹军混乱中射箭回击,但是很多契丹人舍不得丢弃抢来的战马,顾不上回击,只是骑着马一味往滴河对岸奔跑。

契丹将军此时方清醒过来,原来宋军放出战马,其实是为了影响自己大军的作战能力。

"狡猾的汉人!中计了!快渡河撤退!"

契丹军听将军下令撤退,一下子变得更加混乱。

混战中,契丹军中飞出一支羽箭,正中老将军何继筠肩窝。这时的老将军已经杀红了眼,一把折断羽箭,挥师追杀契丹军。何承矩、何承睿见老父亲不顾危险冒死力战,更是不顾一切冲杀起来。契丹军人数虽多,但阵脚已乱,很快如散乱的鸭群一样往滴河对岸潮水般退去。

"契丹贼!有种再来啊!"宋军里一个年轻的宋军抡着砍卷了刃的马刀,瞪着血红色的眼珠子,扯着嗓子喊着。旁边几个军士也狂呼乱叫起来。

滴河河里与河岸边,到处横七竖八躺着死去战马、死去的契丹人,还有死去的宋军士兵;受了伤的双方士兵发出可怕的呻吟。宋军中有些人在尸堆中扶起了自己的人,却用马刀砍死了那些受伤的契丹人。有一个红脸军士砍了三个契丹人的首级,一手攥着三个首级的乱发,踩着河边的浅水,昂首挺胸地走着。三个首级在他腿边晃来晃去,鲜血脑浆还在往呜咽着的滴河水中流去。

老将军何继筠亲眼看到自己的几个士兵砍死了受伤的契丹人,他什么也没有说,眼睛血红。何承矩、何承睿也看见了正在继续的屠杀。何承睿恨恨地咬着牙齿,两道粗粗的眉毛下眼睛闪着可怕的寒光,不知是因对契丹人充满仇恨,还是对屠杀感到恶心。

"父亲,快下令停止杀俘虏吧。"何承矩终于忍不住开口了。

老将军抬了一下眼皮,没有回答。

何承矩看着自己的老父亲抬起左手狠狠地擦了一下脸上的血,那血,也不知是契丹人的,还是宋军的。

"你可怜他们?"

"父亲!"

"你看着办吧。"老将军黑着脸,扭过头,拍了拍大汗淋漓、血浆满身的坐骑的脖子,扯了一下缰绳,牵着它往城池方向摇摇晃晃走去。

"把俘虏捆起来,留活口!"何承矩冲着自己的士兵大声吼起来,声音中充满了愤怒,引来许多士兵诧异的眼光。

大风从西北方向吹来,吹得滴河岸边零零散散树立着的白榆的枝丫哗哗乱摇。白榆树的花还没有开放。再过一个月,这些白榆树就会开出花来。白榆的花不会知道,那些死去的人,是再也看不见它们在春天里开放了。等到夏日来临,绿叶浓密的时候,也许人们连这里曾经发生过的战斗都已经忘记了。

滴水照旧哗哗流向东北方向,只不过,现在水中混合着契丹人的血、宋兵的血,还有战马的血,原来灰黄的颜色,变成了赤黄色,在早春的寒气中,河水微微冒着白气。在远处,是深蓝色广阔无际的忧郁的大海。

八

　　李筠让间邱仲卿鼓动契丹偷袭棣州后，果真带着爱妾刘氏去游山数日。
　　在庆云山上，李筠望着满山的云雾，与爱妾阿琨开起玩笑来："阿琨，你可知道，这山可是我的福山啊。"
　　"呵呵，大人，怎么个说法呀？"
　　"哎，我可不是瞎说。当年为了避世宗之讳，我将名字中的'荣'改成了如今的'筠'字。这个字发音与白云的'云'字相同。庆云山呢，据说在尧帝将出的时候，就曾经涌出五彩祥云呀。所以，这山才叫了'庆云'山。阿琨，你瞧，你瞧，那不是五彩祥云又涌起来了吗！"
　　这一日，李筠刚刚从间邱仲卿那里得知他的妙计正在顺利实施,所以心情大好,看到白云在阳光照耀下闪着光彩,便把它们称作五彩祥云。

"瞧你,怪臭美的。还真把自己当尧帝啊。"阿琨嫣然一笑,嘴角露出两个酒窝。李筠的眼光在那两个一瞬即逝的酒窝处贪婪地停留了一会儿,回味着在那里品味到的温柔与暖香。

"我算个啥,我是想啊,咱们的宝宝说不定就是未来的尧帝呢!"李筠深情地望着阿琨,就在这一刻,他突然有种冲动,想让这一切永远停住。可是,转瞬之间,他感到又被内心深处的一种东西困扰了。他尴尬地冲阿琨笑了笑,掩饰了自己内心深处的一丝不安。

阿琨似乎并没有看出异样,嗔笑道:"大人,休要乱说,把宝宝说得这么好,以后可不好养啊。"

李筠带着阿琨,高高兴兴地游玩了庆云山,似乎感到意犹未尽,继续登上了五龙山。在五龙山上,李筠竟然安排手下摆起了酒桌,兴致很高地喝起酒来,喝得高兴时,又开起玩笑:"这个五龙山,也是我的福山啊。"

"大人,我看,恐怕处处都是你的福山吧。"

"哎哎,你说,这个是不是五龙山啊?"

"是又怎的?"

"哈哈,本大将军将五条龙都踩在脚下了,还怕如今在京城里的那条假龙吗!"

爱妾阿琨默然不作声了。

这个时候，闾邱仲卿突然满头大汗地出现了。李筠见到闾邱仲卿神色有异，收敛了笑容。

闾邱仲卿看了阿琨一眼，默不作声地站在李筠面前不说话。

"怎么了？"李筠问。

"这个——"闾邱仲卿拖着长音，神色慌张起来。他又看了看阿琨，双手手掌下意识地搓了几下。

"仲卿，你直说无妨。"李筠有些着急了。

闾邱仲卿并没有直说，他小步趋前，走到了李筠的身旁，在李筠的耳边悄声说了几句话。

阿琨注意到，李筠的脸慢慢地绷紧了。

闾邱仲卿向李筠耳语之后，神色不安地退到了一边。

李筠低着脑袋，抬起左手，张开手掌，用拇指和食指掐了掐自己脑袋两边的太阳穴，说："阿琨，我不想瞒着你。京城的诏书又来了。他下诏说，让守节与我同赴京城。这是在索要人质啊。"

阿琨咬了一下嘴唇，微微低下头，沉默了片刻，又缓缓抬起头。一阵大风吹过，吹起阿琨长长的秀发。

她一字一句地说："大人，我愿陪同大人与公子一同前往京城。"

李筠一惊，眼中露出感激之情，抬起眼皮，瞪大眼睛看了阿琨一眼，接着又下意识低头看了一眼阿琨的肚子。

"阿琨，我知你心中的想法，可是我怎能让你冒险呢？"

"大人,让我去吧。你答应我一件事情好吗?"

"什么?"

"千万不要先发兵对抗朝廷。天下战乱已久,现在老百姓都想过安稳日子啊。"

李筠愣了一下,左手从太阳穴处挪了下来,抓了抓自己下巴上那把灰褐色的山羊胡须,沉默片刻,说:"我答应你。"

不一会儿,李筠看着自己心爱的女人,又哈哈大笑起来。可是,此刻的他,内心却藏着另外一种心情。他很清楚,之前自己说的所有玩笑话,其实是想借个口彩。是自己心虚了,怯懦了?不是,绝不是!不过,新皇帝赵匡胤可不是个容易对付的对手。阿琨这个聪明的女子,是否已经猜透了自己的心思呢?她如此沉默,是否也只是为了让自己宽心呢?

李筠站在五龙山顶,望着西北方向的上党城,哈哈大笑。他带着酒兴,仰天长啸,如今江山就在眼下,美人就在身边,我夫复何求!他一时之间,意气风发,肆意嘲笑着背后京城中那个强大的对手。

"我不如顺水推舟,先进入京城,然后寻找内应,夺取赵匡胤的皇位。他能黄袍加身,难道我就不成吗?!"李筠愤愤然地想,他并没有将这个想法告诉阿琨。他知道,自己不是想骗她,只是不想让她受到伤害。

阿琨眼中充满无限的爱慕,她深情地盯着自己深爱的男人,心头不禁涌起一股浓浓的怜爱之情。可是,她在眼前这个男人影子的里面，仿佛也看到了赵匡胤的影子。她的身子不由自主地战栗了一下。难道那个曾经与自己青梅竹马的少年，自己从来没有淡忘过？

"真有命运摆布着人的一生吗，还是人自己安排着自己的一生呢？将军此后的命运会如何？我这肚中的宝宝又会有什么样的命运呢？如果我随将军进了京城？赵匡胤哥哥，不，现在的皇帝，他会怎样对待我呢？"阿琨痴痴地想着，望着五龙山不禁发起呆来。

五龙山的山坳里，又涌动着一团又一团青白色云雾，仿佛感应到了阿琨心中对命运的困惑。一切，变得更加扑朔迷离。

九

　　早春的汴河水透着寒气，泛着青绿色的波纹，无精打采的、幽怨地流动着。赵匡胤在赵匡义、魏仁浦等几位官员的陪同下，前往上土桥与下土桥之间的汴河河段视察疏通情况。他站在汴河北岸，往那段汴河望去，只见那段河流的河水中间有几个露出水面的沙洲。这些沙洲有大有小，它们分割了本来就不宽的河面。不断沉淀下来的流沙不断抬高了河床，使很多大船无法通行。汴河是京城主要的运粮通道，从东南进入汴京城，然后横穿城池，往西北而出。每年，大约都有数十万石的江、淮米和其他物资（如制造兵器的铁等）从这条河运入汴京城。京城里的官员、百姓的生活，少了汴河的运输那是不行的。如果汴河航运瘫痪，整个京城的粮食就无法及时补给了。

　　前几年，周世宗将主要精力放在征战方面，对治理汴河并不是很上心。赵匡胤早就担心汴河的航行，现在他终于可以动用自己的权力来彻底疏通清理汴河河道了。想到这点，赵匡胤心里暗暗得意。但是，他丝毫微笑也没有表现在脸上，整个脸庞依然像块冰冷的岩石。现在形势还严峻着呢！

几个沙洲旁边，都停了两三搜挖沙船，征召的民工和临时调来的工兵们正个个大汗淋漓地忙碌着。赵匡胤要求发给他们每天十五文铜钱，这笔钱，对那些往日苦惯了的民工和普通军士来说，简直是一笔横财。所以，这些参加疏通河道的人，不论是民工还是士兵，个个都兴高采烈、挥汗如雨、干劲冲天。

汴河对岸的不远处，有几株柳树，柳枝刚刚透出点点浅绿，在那团浅绿中，停靠着一个小船，有一个少年坐在船舱里，此时也探着头，悄悄往皇帝这边望过来。那少年穿着灰色的布袍，布袍本来是青色的，但是因为经历太多风尘而变成了灰色。少年的背微微驮着，眼睛中充满了仇恨。十几天前，他还在上党城内担心自己被通缉，盘算着如何才能混入京城。可是当几天前回到京城时，他发现城门处竟然没有对他的通缉令。他感到有些意外，内心有些高兴，可是不知为何竟然也有些失望——因为没有看到对自己的通缉而感到稍稍失望。

"我一定要杀了你！一定要砍下你的脑袋祭奠父亲。"少年再次在自己的内心重复着恶毒的诅咒，苍白的脸上不知不觉露出一种令人看见后会毛骨悚然的冷酷神情。

少年看到汴河对岸，一个军士骑马奔来，在离皇帝和群官十几步的地方翻身下马,向侍卫轻声说了什么。几个侍卫让开了路,那军士便脚步雀跃地向魏仁浦走了过去。

一定发生了什么大事。少年心里暗暗想着,眼睛一刻也没有离开他的仇人赵匡胤。

汴河对岸,那刚刚赶到的军士在魏仁浦面前单膝下跪,道:"大人,棣州捷报。"说着,从怀中掏出一封封了火漆的信。

魏仁接过那还带着体温的信,打开信看了起来。

不一会儿,他抬头对军士说:"你先去驿站歇息吧。随后传你。"那报信的军士应了一声,喜滋滋地走了。

"陛下,契丹人在棣州的滴河地区被击退了,我军斩杀了一千五百二十三名契丹人,还俘获了三十七名。何刺史问是否将俘虏押来京城?"

"哦?!好消息。何将军的人损失了多少?"

"我方战死一百八十二名。"

"不容易啊!何刺史以少胜多,不容易啊。令其好好抚恤那些战死者的家属吧。他的钱不够,朝廷再拨一些。"

"是!陛下,俘虏怎么办?"

"押来京城吧。朕要见见。"

赵匡胤叹了一声,并无喜色,低头盯着汴河水,沉默不语。片刻后,他才过扭头,乌黑色的眸子仿佛蒙上了一层淡淡的雾气,一张口是对赵匡义说话。

"李筠到了吗?"

"今日申时能到。"

"好,在御书房见。"

申时,御书房内,赵匡胤面无表情地坐在椅上,等着李筠的到来。可是,出乎他的意料,李筠并没有来,来的是李筠之子李守节与李筠的爱妾阿琨。此前,赵匡胤早就得到了通报,说是李筠已经带着妻子与儿子入京,他本以为可以很快见到这个旧日的同僚。对于李筠的记忆,他并没有模糊。然而,每当想到李筠,在他脑海里最先浮现出来的不是李筠的面孔,却是另外一个女子——阿琨——的面孔。那张像雨后花朵般的带着幽怨的脸庞,赵匡胤从来不曾淡忘。所以,当听说李筠没有来,来的是李筠的儿子李守节和李筠夫人,他心里虽然有些不悦,但那不悦像夏日的闪电在心头一闪而过,在心底渐渐升起的,竟然是一种莫名的激动和伤感。

当赵匡胤在书房见到李守节和阿琨时,他不知道自己为什么竟然摆出了异常冷漠的神情。在宁谧宽大的御书房里,他听到了自己询问李守节的冷冷的声音,仿佛是另外一个人在说话:"你父亲不是也到京城了吗,怎么没来?"

"父亲车马劳顿,到京后即卧床不起,怕陛下怪罪,令我与母亲先来拜见陛下。"

盯着李守节青春焕发的脸——尽管现在这张脸由于紧张显

得有些惨白——赵匡胤感到内心有些愧疚,因为什么而愧疚,他自己却没有想清楚。他的目光在李守节的惨白的脸上和年轻粗壮的脖子上停留了片刻,说:"朕与你父亲当年都在周世宗帐下用命,也算是老朋友了啊。" 他的口气缓和了一些。

"家父也经常念及陛下。"李守节知趣地回应。他说的是实话,可是,他当然不敢说,每当提起赵匡胤时,父亲常常是恶语相加。

赵匡胤皱了一下眉头,道:"很多年啦。"

李守节不知道眼前这个皇帝说这句话是什么意思,便只能沉默着,低头看着地面,不敢言语。

"你父亲与朕一样,跟随周世宗很多年啦。也算是老朋友啦。显德元年(公元954年),你父亲在榆社打败并州军,俘获了他们的将领安睿、康超等七十多人。显德五年(公元958年),你父亲又亲自率领军队进入石会关,一鼓作气攻下了并州六座营寨。那年冬天,你父亲又攻下了辽州的长青寨,擒获了磁州刺史李戴兴献到京城。显德六年(公元959年),你父亲平定了辽州,俘获刺史张丕旦等二百四十五人上献。那几场大仗,我不止一次听世宗说起,心中对你父亲满是钦佩。如今,我受命于天,继承世宗的遗志,开创大宋,真是非常希望得到你父亲的大力支持啊!以你父亲之雄才,能为我大宋出力,是天下百姓之福啊。"

李守节听赵匡胤滔滔不绝说了一通,心里感到又惊又喜。

这个新皇帝将父亲的事迹记得如此清楚,由此可见他对父亲真的很重视。李守节悄悄抬起头,看了赵匡胤一眼,正好遇到赵匡胤的目光。他在赵匡胤那黑色的眼眸子中,确实看到一种热切。"他说这些话是否都是装出来的呢?"李守节想起父亲对自己的叮嘱,心里不禁泛起了疑云。

赵匡胤看到李守节的眼光闪烁了一下,便不再多言了,只说"你先下去吧。也真是为难你,你先回去,替朕问候你父亲。"

说着,赵匡胤从座椅上站起身,走了几步,从书架上取了一部线装书,转过身,摩挲着藏蓝色的书皮,慢慢走到李守节身边,将书递给李守节。

"这本书随朕多年,就送给你父亲吧。"

李守节接过书,看了一眼。原来,是一部《论语》。李守节心里一下子明白了,这是新皇帝提醒自己的父亲,要心怀仁义,遵循礼法,说白了就是提醒自己的父亲对新立的大宋王朝不要有异心。当下,李守节不敢多言,侧目看了自己的继母阿琨一眼,默默退出了御书房。

李守节告退后,御书房内只剩下赵匡胤与阿琨。谁也没有说话,御书房内静得可怕。赵匡胤的目光停留在李守节刚刚合上的房门上,一动不动地站了片刻。他就那样一动不动地站着,连手指也没有动一下,连衣襟也仿佛凝固了。仿佛过了几个春秋似的,赵匡胤终于将目光转向了心里常常想念的阿琨,却一时间不知道说什么好,只是用冷漠中带着热切与歉疚的目光看着阿琨。

阿琨微微垂着的眼皮此时悄悄抬了一下,目光与赵匡胤的目光微微一遇,便像触电般躲开了。

她神色冷淡,冷冷地说:"请陛下放过我夫君吧。"

赵匡胤发现自己的心抽缩了一下,两只手从臂膀到指尖好像一并麻木了。他将头微微扭向一边,目光毫无目的地停留在褐色的木书架的一角,叹了口气,道:"难道你我之间就无其他话可说了吗?好吧,阿琨,不是我不放过李筠。只要他愿意赴青州就任。我已下决心削弱藩镇的力量,五代以来的乱世必须结束。杀戮、死亡已经太多了。"

"请给我一点时间,我一定劝服夫君。"

"每个人都有自己的宿命。他不会听你的。你看,他今日不来,明摆着就是与我对着干。他是不服我啊!"

"你现在是天下之主,别人不服你,你就不放过他吗?"

赵匡胤听到自己心爱之人的质问,感到有些恼怒,眉头皱了一下,左脸颊的肌肉收缩了一下,左边的眉毛往上一挑,便想发作,可是马上又生生把怒气压了下去,刻意缓和了口气说:"你知道,他是个多心之人。"

"我看是陛下多心了。"阿琨抿了一下嘴唇。

"你看,他今天不仅不来见我,还给我设了个陷阱。"

"你说什么?"

"不是吗?我这叫君主私会臣妻,这要传到民间,就是君主的罪过啊！"

"你明知这是罪，为何还要召见我们母子？"

赵匡胤沉默了，头往下略略低了一下。

"因为我确实想念你。"

阿琨闻言，心中一颤，眼中一热，泪光顿时充满了眼眶。这一刻，她几乎快站立不住了。风风雨雨的岁月中发生的一幕幕，如同连续不断的闪电，割开她本已经尘封的记忆。

"当年，你曾说，你会来接我。可是，你没有回来。救我的也不是你，而是李筠。"

赵匡胤的身子颤抖了一下，哀伤爬上了他的眉头。

此时，阿琨却已经是泪流满面，多年前的一幕场景再次在眼前浮现。

多年前的那个傍晚，赵匡胤和阿琨骑着马，跑下家乡那片绿草茵茵的山坡，向那冒着黑色浓烟与红色火焰的村庄奔去。他俩被眼前的景象吓傻了，像两个失了魂魄的幽灵骑着马恍恍惚惚地走在村子里。

村庄里到处是尸体，许多没有死去的伤者发出撕心裂肺的呻吟与呼叫。有些躲起来的村民在乱兵离去后，慢慢战战兢兢地从草垛中、角落中爬出来。到处是惊恐万分的脸孔。

在那一刻，年轻的赵匡胤心中的热血沸腾起来。"这乱世该到什么时候？我要为结束这个乱世而战！"

从那一刻起,赵匡胤决心从军,投奔他心目中的英雄柴荣。几天后,赵匡胤站在一匹战马前,与阿琨告别。在离别的时刻,他向阿琨允诺,很快就来接她,一定会在她身边永远保护她。

在离开阿琨的时候,赵匡胤豪气勃发,吟了一首诗:

>太阳初出光赫赫,千山万山如火发。须臾走向天上来,逐却残星赶却月。

这是赵匡胤第一次作诗,也是他这一生中所作的唯一一首完整的诗。他的心中,孕育着一个梦想,那就是天下再无兵乱。他也期盼着,自己能够很快回来接阿琨,然后和她一起过上快乐的日子。

可是,事情并非如他所料想的那样发展。在他离开不久后,他们的家乡再次遭受兵乱。阿琨的父母被乱兵砍杀。乱兵从农舍中拖出阿琨。紧急关头,有一个长着一张黑脸的男人单骑前来,他挥舞着雪亮的大刀,砍翻拖拽阿琨的两名士兵,救了阿琨。那个男人,不是赵匡胤,阿琨后来知道他的名字叫李筠。

阿琨永远都忘不了那一幕。生命中带来巨大惊恐的场景,如果不是彻底遗忘,就会被永远记住。阿琨没有遗忘那一刻,而是永远记在了心里,因为,那一刻有个男人救了她,尽管此前她对这个男人一无所知。

"这是个乱世,姑娘家总得有个依靠才好。如不嫌弃,以后就跟着我吧。"阿琨记住了那一刻李筠说的那句话。

那天,阿琨被李筠拉上了他的马背。她并没有回答李筠的话,只记得自己的泪水从眼眶中滚滚涌了出来,大风吹着自己散乱的黑发。

阿琨从回忆中回过神,对赵匡胤说:"我知你要把我母子,还有我肚中的孩子当作人质。如果可以避免战争,我愿意。"

"在你们来京城的路上,契丹已袭击棣州。我已派人查出,是李筠派人暗中唆使的。"

"难道你与他之间的战争已经不可避免了吗?"

阿琨眼睛发红,泪水开始滴落。

赵匡胤心突然软了下来,说:"我看得出来,你很爱他。阿琨,我真的无法欺骗你。有时候,我常常觉得仿佛有只无形的手左右着世间的一切。我们是那么柔弱,那么无力。在这场即将到来的战争面前,我也感到恐惧。"

"那为何还要发动战争?"

"这些年来,我几乎都是在马背上度过的。我见过无数死亡,见到过无数战士肢残体碎地倒在沙场上。我见过许多失去儿子的父亲、失去丈夫的妻子,见过悲伤如何摧毁一个又一个本来幸福美满的家庭。在梦中,我常常跌入可怕的梦魇。自从将士们拥戴我登上皇位,我发誓要结束五代的乱世,即便是要通过战争。"

"这都是你们男人的借口！你们想要的就是权力。"

"不管你怎么说。我是打定了主意了。即便是要打仗，我也不改主意了。"

"难道没有其他办法吗？"

"在权力、利益、贪婪面前，良知就如同面团一样，很容易就会被捏得不成样子。我们依然生活在乱世，战争是我们逃脱不了的宿命。"

"这样的乱世，究竟几时才能结束啊？"

"我也不知道。阿琨，我是个战士，我愿意为结束这个乱世而战。"

"你们男人怎么就知道用刀剑来解决问题呢？！老天啊，你们为什么要杀来杀去啊。一定有其他办法可以避免战争的——"

"希望会有。"

阿琨陷入了沉默，黯然神伤。

赵匡胤静静地看着阿琨，沉默了片刻，说："你知道世界上最痛苦的事是什么吗？不是你自己痛苦，而是眼睁睁地看着自己深爱的人在痛苦中煎熬。我知道那种感觉。"

阿琨抬起头，心中一阵绞痛，抬起那青春日益褪去但依旧美丽动人的脸庞，悲伤地看着赵匡胤。

（第一部完）